HISTORIA DE UNA TERRAZA

ALPHA DECAY
169

Hilary Leichter

Historia de una terraza

Traducción del inglés de Julia Osuna Aguilar

ALPHA DECAY

Para Matt

Mide lo que se pueda medir y lo que no, hazlo medible.

GALILEO

«En fin, habrá que esperar a ver qué nos depara el futuro», dijo el señor Bankes entrando desde la terraza.

VIRGINIA WOOLF, *Al faro*

TERRAZA

La vieja ventana tenía unas vistas muy bonitas a Arbolmarillo, de tronco a ramas. Lo llamaban Arbolmarillo a pesar de que el gingko solo vestía de amarillo una semana al año, pues sus hojas en abanico caían al suelo entre susurros con el primer asomo de brisa. Annie y Edward acercaron a la cría a la ventana y dijeron: «¿Lo ves? ¡Amarillo!». Pero era demasiado pequeña para repetir el «¡amarillo!». La niña se quedó mirando sin más y tocó el cristal. Borraron las huellas de las yemas de la ventana y besaron los dedos que habían dejado esas manchas. Al poco las hojas se cayeron y el paisaje cambió. Hay vistas que muestran menos de la mitad de lo que hace falta ver.

Cuando el alquiler se volvió imposible, emprendieron la búsqueda de unas condiciones de vida más asequibles. «¿En qué condiciones de vida se encuentran?» Annie le daba vueltas a la frase en la cabeza, a las condiciones de su vida en común. Lo que tenían ahorrado no les llegaba para pagar a la inmobiliaria, y menos aún para una fianza.

—Parece más pequeño de lo que es —le dijo Edward mientras le enseñaba el piso nuevo: un cuadrado torcido con poca luz—. Dale tiempo, ¡tienes que adaptar el cuerpo!

—¿Qué quieres decir, que me haga literalmente más pequeña?

En el piso nuevo no había vista alguna a Arbolmarillo. Las introvertidas ventanas se cerraban, se atrincheraban y se acurrucaban en torno a un patio interior al que Edward bautizó Túnel Palomo. A los dos les gustaba inventarse nombres propios para su mundo. Arbolmarillo, Túnel Palomo, Misterioteca. La Misterioteca era como llamaba Annie al único armario empotrado que tenían, siempre a reventar de cosas. Era abrirlo y… ¿qué saldría catapultado de él? Suponía un auténtico enigma. También para su hija escogieron un nombre propio y apropiado. Se llamaba Rose.

Annie se puso a la niña en el fular de porteo mientras deshacía cajas o metía a presión pañales y cajas deconstruidas en la Misterioteca, con un brazo por delante para cogerla bien, no fuera a ser que a la tela del fular le diera por desenrollarse como una bufanda con una ráfaga de viento y dejara caer a la niña al suelo.

—Cuidado —dijo solo para sí.

Algún día, decía Edward, tendrían un cachito de exterior propio. Un cuadrado de hierba para jugar, un huertecito para plantas aromáticas. Habían dicho lo mismo en el piso previo, y en el anterior a ese, y ahí estaban, todavía diciéndolo, aunque quizá con algo menos de convencimiento. Vivían apretujados, decía Edward, pero era un apretujarse familiar y cálido, ¿no? Sí, coincidía Annie. Para sus adentros, en secreto, tenía la sensación de que esa falta de espacio seguramente fuera un síntoma de lo poco acertado de sus prioridades y de unas elecciones vitales a medio cincelar. Pero se trataba de una crítica que, en su fuero más interno, se había vuelto un lugar común reconfortante, que tan solo le daba un codazo de descontento en los momentos en que tenía el ánimo más por los suelos.

Tenían mucha suerte en muchas cosas. Estaban sanos, eran felices, estaban perfectamente. Se habían gastado hasta el último penique ahorrado en la mudanza, incluso las monedas que guardaban en un bote debajo del fregadero. Ahora tenían fregadero nuevo y un bote vacío para monedas recién pescadas y relucientes.

El edificio quedaba más cerca del trabajo de Edward, que además tenía servicio de guardería. Cuando a Annie se le terminó la baja de maternidad no retribuida, fue a la oficina en autobús y se encontró con Stephanie en los escalones de entrada. Su compañera se había encargado de sus clientes durante el tiempo que había durado la baja.

—¡Vuelve la madre pródiga! —anunció Stephanie.

—¿Dónde está la banda para recibirme? —preguntó Annie.

—Las *majorettes* están arriba. Y no te lo vas a creer, pero la sección de flautas está preñada.

—¿En pleno?

—*Toutes des flûtes.*

Stephanie la acompañó por el vestíbulo y la guio planta por planta, cosa que a Annie le extrañó hasta que se dio cuenta de que le habían desactivado la tarjeta de acceso durante la baja. Fueron juntas a la recepción para que le dieran una nueva.

—¿Quieres que comamos juntas hoy? Veo un hojaldre en mi futuro cercano.

—Oye, ¿han cambiado de sitio la fotocopiadora? —preguntó Annie.

—No, lo que han cambiado es tu mesa.

Cada una se comió un sándwich de beicon y lechuga y una bolsa de patatas fritas y charlaron sobre la reorganización del equipo de márquetin; sobre las nuevas sillas de lujo de la sala de reuniones; sobre la máquina de agua que seguía sin funcionar. Lo que quería Annie era saber si había alguna novedad sobre sus clientes, alguna llamada de auxilio, señal de que seguían necesitándola a ella.

—¿Qué quieres que te diga? No te has perdido nada —dijo Stephanie.

—Oye, ¿por qué no te vienes un día a casa a cenar? —le propuso Annie.

—Ah, no, no. No quiero ser una molestia.

—Moléstanos. Tenemos que montar la mesa. Tú podrías ser la excusa perfecta.

En cuanto llegó a casa, le dijo a Edward que tenían que comprar una mesa. La cargaron a la tarjeta de crédito. Annie hizo unas servilletas de tela con un viejo retal que tenía, colocó las copas, los tenedores, los platos de su abuela, que hacía poco habían sacado de la caja, cada uno con un dibujo de un animalito dorado.

—¡He traído un vinito! —anunció Stephanie mientras empujaba la puerta de entrada y le daba la mano a Edward—. Anda, pero ¿a quién tenemos aquí? —le preguntó a Rose, que respondió tendiéndole un juguete.

El primer instinto de Annie fue explicar el tamaño del nuevo hogar. Que si el barrio, el trabajo de él, la guardería, que si ¡menudo robo! Y luego le dio un codazo a Edward para que también él se disculpara por la falta de espacio, qué apretados, apretados pero a gusto, las muñecas, las pelotitas y las bolsas de colores desperdigadas por el suelo.

Pero fue Stephanie la primera que habló.

—¿No queréis que comamos mejor fuera? Hace una noche tan agradable.

Abrió la puerta que normalmente daba al armario empotrado y dejó a la vista una terraza, decorada con tiras de lucecitas titilantes. Unas nudosas enredaderas crecían por los bordes, con sus ramificaciones, sus brotes y su veloz escalada por los costados del edificio.

Era la primera vez que Annie veía la terraza, igual que Edward. ¿Se les había pasado todo ese tiempo, sin más? No, eso era imposible.

—¿Cómo? —dijo en un hilo de voz Annie.

Se colocó a Rose contra la cadera y salió para curiosear esa terraza (¿*su* terraza?), que estaba equipada con una mesa con cuatro sillas, una barbacoa y una de esas sombrillas recias que pueden abrirse las tardes de sol. Todo parecía reluciente y caro, como si acabaran de comprarlo o incluso de inventarlo. Se sintió como si acabara de encontrarse unas gafas perdidas en lo alto de la cabeza.

—Misterioteca total... —dijo Edward acercándosele por detrás.

—Enigma inmobiliario —susurró Annie.

Intercambiaron una mirada y luego atravesaron codo con codo el umbral de la terraza. (¡Así de grande era la puerta! ¡Así de grande la terraza!) Nada les pasó ni nada cambió y se vieron atrapados en el abrazo de una cálida tarde noche otoñal.

Stephanie estaba admirando una vista que no cuadraba con la orientación del piso. Ni rastro de Túnel Palomo por ninguna parte. Justo delante tenían los restos de una puesta de sol, a pesar de que su lado del edificio daba al este. Su amiga no pareció percatarse del fallo de geografía.

—Joder, qué espacio más guapo.

—¡Ya ves qué suerte hemos tenido! —exclamó Annie alzando la botella de vino.

Se tiraron horas en la terraza, rellenando las copas y las fuentes de comida. De hecho, cuanto más tiempo pasaban en la terraza, más sólida la sentían bajo los pies. Edward dejó que la niña se le durmiera encima y allí se quedó, no fuera a despertarse al ponerse él de pie. Hubo una tensión muy marcada, a la que siguió una abrumadora sensación de calma. Ambas emociones se alternaron en Annie hasta que las dos se agotaron y se vieron sustituidas por la dolorida y somnolienta alegría de una mañana corriendo por un patio de recreo. Era una alegría de exterior. Podía perfectamente haber movido brazos y piernas, pero optó por no hacerlo. Los sentía pesados y contentos. Ah, y qué gusto la brisa en la frente, que le llevaba un suave olor a fogata hasta la cara.

Al final de la velada, Stephanie los ayudó a llevar los platos y los utensilios a la cocina y ellos la acompañaron abajo hasta la calle.

—Qué bien lo hemos pasado. Sobre todo esta pequeñaja —dijo Stephanie tirando del pie de Rose.

—Gracias por venir hasta aquí —le dijo Edward.

—La próxima, en mi casa.

—¡Eso está hecho! —le dijo Annie envolviéndola en un abrazo.

Estaba deseando tener toda la terraza para ella, para ella y Edward, y Rose, para la familia. Se planteó incluso la posibilidad de dormir fuera esa noche. ¡Qué locura! Aunque solo fuera para demostrar que era real...

Cuando desanduvieron lo andado por las escaleras de vuelta al piso, la terraza había desaparecido.

Annie abrió la puerta del armario y la cerró, una y otra vez, con la esperanza de que el resultado fuera el que ya había quedado fuera de su alcance.

—A lo mejor solo aparece cuando tenemos invitados —dijo Annie.

—¡O a lo mejor ha sido solo en esta ocasión mágica! —dijo Edward, que dejó los vaqueros aovillados en el suelo, junto a la cuna, junto a la hornilla, junto a la mesa, para la que en realidad no tenían sitio, ni en el piso ni en el crédito de la tarjeta—. Esta noche ha sido increíble —añadió—. Esta noche teníamos terraza. Nos acordaremos el resto de nuestra vida.

—Ya, pero... —dijo Annie contra la almohada.

—Ya... —coincidió Edward.

Nunca fueron a la casa de Stephanie a cenar porque no llegó a invitarlos. En cambio, ellos sí que invitaron a amigos de la familia, a antiguos vecinos, a compañeros de piso de la facultad. Disfrutaron mucho de ponerse al día con todas las personas de su vida, de presentarles a Rose, de escuchar lo que había sido de sus vidas. Pero no hubo terraza con Dan y Patricia, ni tampoco con los O'Neill, ni con Liza y Sunny. A cada visita, Annie ponía la mesa de forma idéntica, con una taza con flores cargadas de polen y la colección de platos de animalitos dorados, y, luego, intentaba revelar la terraza. Pero en vez de liberar el destello de una puesta de sol, el armario escupía una bolsa de pañales perdida.

—Puede que haya que girar el pomo de una manera concreta —dijo Annie probando suerte con la brujería terrazística—. Quizá esté todo en el giro de muñeca.

El nombre propio que Edward acuñó para ese periodo fue Villa Tristeza.

Annie deambulaba por el piso en un estado de frustración perpetua, con Rose enganchada a la teta y los platos apilándose en el fregadero. Incluso faltó dos días al trabajo. Hurgaba por entre el desbarajuste de cosas de la Misterioteca y tanteaba por la pared del fondo, en busca de una trampilla o una bisagra secreta.

Se despertaba temprano para darle el pecho a Rose y medía la cocina con sus pasos mientras especulaba con la posibilidad de que la terraza estuviera vinculada con los ciclos de la luna. O quizá fuera que el piso estaba encantado por la terraza, un indómito fantasma arquitectónico que solo se aparecía cuando era importunado. Rose, por su parte, no parecía muy preocupada por lo que la rodeaba. Seguía siendo muy pequeña para que la encandilara una terraza mágica, y quizá Annie fuera demasiado mayor. Miraba a su hija a los ojos y casi recordaba la magnitud de su insignificante vida estupenda. Pero pasaba de puntillas por el pensamiento y se deslizaba hasta una nueva y atractiva teoría. Rose agarró a su madre del cuello del jersey y se lo ensanchó.

¿Y si la terraza solo aparece cuando está Stephanie?, se preguntó.

Tenía razón, desde luego. Cuando su amiga volvió un domingo para hacer un brunch, también la terraza volvió. Resplandecía bajo la luz del mediodía, los listones de madera veteados de luz y salpicados de bellotas, hojas naranjas y doradas a sus pies. Annie no esperaba que pudiera echarse tanto de menos un sitio en el que solo has estado una vez. Había otros lugares que añoraba, preciados territorios abducidos de la Tierra, clausurados, desaparecidos. Pero la terraza le sobrevino con el alivio de un reencuentro muy esperado. Y sintió un escalofrío porque se trataba de un reencuentro consigo misma. Llevaba años ajustándose a una herida desconocida, que se había unido sigilosamente al paisaje cotidiano del sentimiento conocido. En esos momentos, allí de pie en la terraza, se despertó y se encontró con que esa herida suya que había olvidado estaba curada.

—Aquí hace falta una buena barrida, chicos —bromeó Stephanie, que empujó con el pie unas cuantas hojas por la barandilla de la terraza y se quedó viéndolas flotar por el aire hasta la calle.

Pasaron toda la tarde fuera, atosigando a Stephanie con bebidas y aperitivos, tablas de quesos y, por último, un buen tazón de sidra humeante.

—Así no me voy a ir nunca —dijo Stephanie, con las gafas de sol extragrandes colgándole del arco de la nariz.

—¡Por mí sin problema! —dijo Annie.

Extendió entonces una manta en el suelo de la terraza y sentó a Rose en su regazo, con el pico de la sombrilla creando una cuña perfecta de sombra. Jugaron con el cerdito de peluche y la niña mordisqueó las esquinas de un libro hecho con una tela que crujía. Edward puso unas salchichas en la barbacoa para hacer perritos calientes y apretó los tornillos de las sillas de la terraza mientras entretenía a Stephanie con relatos sobre cosas que nunca habían ocurrido. Vacaciones a las que no habían ido, amigos que no habían tenido, la fortuna que habían heredado de la abuela de Annie, cuando en realidad lo único que habían heredado era el juego de platos de animalitos dorados.

—¡Como la vez esa que fuisteis a Italia Edward y tú! —dijo un día Stephanie en el trabajo, y Annie tuvo que recordarse a sí misma: no habían ido a Italia en su vida.

Ellos los llamaban los Terralatos, relatos de terraza, porque cuando estás en un sitio que en realidad no existe, puedes poblarlo con todas las fábulas y leyendas que quieras.

—Jamás te mentiría en tierra firme —dijo Edward, y Annie supo que decía la verdad.

Arbolmarillo, Túnel Palomo, Terralatos.

Annie invitaba a Stephanie todos los fines de semana.

—A lo mejor me puedo pasar un ratito —respondía esta, que siempre se quedaba más de un ratito.

Jugaban al Scrabble y al ajedrez y hacían bufandas de punto y leían al sol. Almorzaban de picoteo, cenaban de picoteo y desayunaban de picoteo al amanecer. Annie compró flores, macetas y tierra para el perímetro de la terraza. Lo cargó todo a la tarjeta de crédito. Stephanie la ayudó a acurrucar los crisantemos en montañitas de tierra.

—No podemos seguir obligándola a venir —le dijo por lo bajo Edward.

—¿Quién está obligándola? —preguntó entre susurros Annie—. Yo casi no tengo ni que proponérselo. Prácticamente se invita sola.

—Pero ¿qué gana ella con todo esto? —preguntó Edward—. Vamos, aparte de la terraza.

—¡Mira que eres apestosilla, Rosie! —dijo Stephanie al otro lado de la sombrilla, con la niña sujeta en el aire, muy alto, demasiado alto, demasiado cerca del borde.

—Cuidado, cuidado, cuidado —gritó Annie, que corrió a coger a Rose y luego fue a cambiarle el pañal.

—Oh, buaa, buaa —lloriqueó Stephanie en broma.

Aunque, por un momento, Annie notó una tristeza real por los filos de la voz de su amiga, e intentó averiguar la clase de espacio que indicaban esos filos, cómo quería rellenarse ese espacio. Si había un anhelo, Annie no era capaz de identificarlo. Volvió a mirar a Stephanie, que la miró a su vez y retuvo la atención de Annie un momento más de la cuenta. No, de verdad, ¿quién era esa desconocida que tenía en casa?

Stephanie fue a la puerta de la terraza y, bloqueando la entrada, gritó:

—Oye, Eddie, ¿me traes otra cervecita?

Se quedaron hasta tarde jugando a las películas y riendo tan fuerte que pensaron que la terraza iba a hundirse directamente hasta el centro de la tierra. El váter había vuelto a estropearse y esa vez tendrían que llamar a un fontanero, uno de verdad, y no solo un amigo que les debiera un favor. Pero, de momento, solo por una vez, Edward les dio la espalda a las señoras y meó por encima del muro de la terraza. No pudieron reírse más.

—¡Como esto siga así, Annie va a empezar a comprarte pañales a ti también, Eddie! —Stephanie soltó una carcajada y se repanchingó en su silla.

Ese día se acostaron sin recoger la terraza, pero esta se recogió sola. Stephanie se pasó por la casa un sábado lluvioso y allí estaba de nuevo, reluciendo bajo la llovizna, y sin un solo botellín de cerveza, servilleta ni basura por ninguna parte. Los crisantemos estaban creciendo, bien hermosos.

En el trabajo la jefa de Annie le cambió de mesa a otra planta y redistribuyó a algunos de sus clientes y se los pasó a Stephanie, por razones puramente prácticas. «Ella está más puesta al día de todo —decía el correo—. Eres muy buena trabajando en equipo, ¡por eso te queremos!»

—¿A ti tus compañeros de trabajo te quieren? —le preguntó Annie a Edward.

—Un momento, ¿es esto un Terralato?

—No, que estaba pensando que a lo mejor podemos decirle a Stephanie si le apetece traerse a alguien este finde. ¿Cómo lo ves? —Annie metió una torre de papel higiénico a presión en el armario empotrado.

—Qué buena idea. Me parece genial.

Annie le mandó entonces un mensaje, para extenderle la invitación: «Te traes a algún amigo? O a algún más que amigo», añadió. Puntos suspensivos.

Stephanie apareció sola, con un juego de mesa en la mano. Los dados y piececitas de plástico repiqueteaban dentro de la caja con ese ruido revuelto que hace que todo el mundo sepa que faltan piezas importantes.

—¿Vienes sola? —preguntó Annie.

—Vengo sola —respondió Stephanie, que fue a sentarse al lado de Edward.

Una noche sacaron el tocadiscos a la terraza, tirando de los cables por medio piso. Los tres bailotearon y se fueron turnando para bailar un vals con Rose, la cogían en alto y le movían las piernas, pero sin lanzarla por el aire, no así, no tan alto ni fuera de la terraza.

Cuando se quedaron totalmente sin aliento y se cansaron de estar de pie, Edward les contó un Terralato. Con el tiempo, acabaría siendo el único que Annie recordaría de principio a fin. Era sobre una cita que nunca habían tenido, con una limusina que nunca habían alquilado y un ramo de rosas cutre que nunca habían comprado. Y así fue como se les ocurrió el nombre de Rose, siempre dentro del contexto de ese Terralato. En el contexto de la vida real, Rose era como se llamaba la abuela de Annie. A esta no le hizo mucha gracia esa pequeña revisión de la historia.

—Es un restaurante de esos con salas privadas —contó Edward—, de esos donde tienes una habitación con una sola mesa y dos sillas. Y los camareros tienen que llamar a la puerta antes de entrar con la comida, la bebida, la cuenta. Hasta llaman antes de entrar para preguntar: «¿Van a querer algo de postre?».

—Pero, a ver, ¿cuántas veces llaman? —preguntó Stephanie—. ¿Es un pom-pom-pom?

—No, es más bien un tresillo sincopado. —Stephanie intentó tamborilear un tresillo pero se echó a reír—. Pam-para-pam-pam, pam-pam —dijo Edward.

—¡Postres cantados!

Annie torció el gesto. Qué bien se lo pasaban. Era una broma interna, y ella estaba fuera. En teoría los Terralatos eran para la pareja, pero ahí estaban ellos, tamborileando códigos secretos suyos en la barandilla de la terraza. Y la cara que tenía Stephanie, como si se supiera el relato de memoria. «¿Para qué iba a querer alguien una sala privada —pensó Annie—, a no ser que no quiera que le vean?»

—Eso era de una cita real —dijo ya en el cuarto—. Una cita real que tuviste con otra.

Estaban quitándose la ropa y tirando los zapatos por ahí. Se había hecho tarde. Stephanie se había ido y la terraza con ella.

—¿De qué hablas?

—De que no era un Terralato, era un relato de verdad.

—Eso es ridículo.

—No me mientas. Venga, hombre, ¡todo ese rollo de llamar a la puerta!

—Annie, ven, anda. Para ya. Ven aquí. No era real.

Se echaron en la cama, tendidos lo más lejos posible el uno del otro, lo que, por supuesto, tampoco era mucha distancia. Después Edward remetió el talón entre los tobillos de Annie y al poco estaban abrazándose y al poco estaba todo rumbo a mejor.

Cuando se levantó para darle el pecho a Rose, se dedicó a mirar el extracto de la tarjeta. Buscó algún cargo de un restaurante. Buscó una limusina o algún sitio del barrio con salas privadas. No tenía mucha lógica lo que sentía, pero ¿acaso una mujer que visita una terraza imaginaria puede realmente exigir lógica para sí misma? Incluso aunque la historia sobre la cita no fuera cierta, Edward la había vuelto real al contarla, y ahora el relato falso formaba parte de sus condiciones de vida como un bulbo nuevo en el costado de una planta, como la propia terraza.

Se quedó dormida mientras daba el pecho y soñó con que Edward le pedía perdón justo como tenía que pedírselo. «Había soñado que me decías eso y justo viniste y me lo dijiste», decía ella en el sueño. Pero al instante la disculpa se corroía, conforme se decía, porque Annie supo sin necesidad de despertarse que ella era la que había puesto todas las palabras en la boca de él.

Edward se levantó de la cama todavía muy dormido y se la encontró en la silla.

—A lo mejor era una cita real que me gustaría tener, algún día..., contigo —le dijo él.

Stephanie comió con ellos en Acción de Gracias. Todavía no había llegado el frío así que, por supuesto, comieron fuera. Annie había intentado comprar un pavo, pero le habían rechazado la tarjeta de crédito. Tuvo que cruzarse de nuevo toda la tienda para devolverlo al último pasillo. Edward se puso en marcha, a remover y a aplastar, y nombró la comida una Guarnicionada. Se pusieron las botas a base de guarniciones, que al fin y al cabo, insistió Stephanie, eran siempre lo más rico.

—¡Yo soy feliz con un buen relleno! —le dijo a Edward mientras echaba migas de pan duro en la sartén.

Rose, que llevaba puesto un pelele de calabaza que Annie le había comprado para la ocasión, metió los dedos en el puré de patatas.

Y en Nochevieja, con el tiempo todavía perfecto para estar con jerséis, se juntaron en la terraza con tazas llenas de champán del malo. Gracias a la vista alterada, el grupo podía ver en la distancia grandes sauces crecientes de fuegos artificiales. Eran igual que los que Annie recordaba de su infancia, cuando su abuela la llevaba al parque del barrio para ver los floridos vestidos de lucecitas titilantes abriéndose, cayendo y desapareciendo en la oscuridad.

—Si celebras el Año Nuevo en una terraza imaginaria, ¿es realmente algo que ha pasado? —le preguntó en un susurro Edward.

—Todo pasa realmente —respondió Annie sonriéndole.

Cuando los minutos se volvieron segundos y los segundos concluyeron su cuenta atrás, Edward se giró hacia Stephanie y le dio un beso en la mejilla, puede que para que no se sintiera abandonada en el frío. Annie cogió en brazos a Rose y la besuqueó por toda la cara y le plantó una pedorreta en la barriga. Luego Stephanie hizo por coger a la niña, un detalle para que Edward pudiera ir en busca de los labios de su mujer, cosa que hizo, pero, una vez más, Stephanie llevó a la niña demasiado cerca del borde de la terraza, tan cerca que Annie no lo soportó y fue corriendo a por la niña sin esperar el beso de Edward. Lo animal del momento pasó rápidamente, pero se quedó suspendida entre el final de un año y el principio del siguiente, con Annie y Edward separados por unos pocos pasos pero con la desazón de una distancia extra metida con calzador entre los centímetros.

En los primeros compases del invierno abrigaron a Rose de la cabeza a los piececitos y la dejaron, plop, sobre el suelo de la terraza. Ya se mantenía sentada sola, se daba palmaditas en los muslos, con sus mitones y el abrigo hasta arriba.

—Hay que ver lo que se os parece —dijo Stephanie a modo de concesión.

Estaba haciendo un muñeco de nieve al borde de la terraza, adornándole la cara con unas verduras en su punto perfecto de maduración con las que Annie tenía pensado hacer un guiso para la cena.

—¿Cómo quieres que le haga los ojos, Rosie? —preguntó Stephanie riendo.

Annie recuperaría la verdura en cuanto su amiga no mirase, decidió. Con el frío se mantendrían aptas para la cena, seguro. La nieve había caído hacía nada. Habría que lavar, pelar y cortar las zanahorias, pero, por lo demás, todo bien. Hasta que Stephanie tiró sin querer el manojo de zanahorias por el borde de la terraza.

—¡Ostras! ¡Hombre al agua! ¿Bajo corriendo a cogerlas?

—No te molestes —contestó Annie.

¿Adónde, exactamente, iba a bajar? ¿Y dónde, en qué perímetro encantado, acabaría?

Un lunes glacial, Annie tenía en la agenda una reunión con su jefa. Pensaba plantearle buscar nuevos clientes, para compensar la redistribución. Pensaba pedirle un aumento.

En lugar de eso, le sugirieron que cambiara a un horario de media jornada. Solo podemos permitirnos mantenerte en el puesto esos días, con ese sueldo, le explicó la jefa. Sobre todo ahora que Stephanie ha asumido la mayoría de tus clientes. Siempre puedes buscarte otra cosa, lo entenderíamos, si con este trabajo no te llega para cubrir tus necesidades y todo eso…

Annie decidió que ese trabajo había dejado de cubrir sus necesidades.

«Si te soy sincera, últimamente se te ha visto distraída», decía el último correo.

Recogió su planta, las fotos, los bolis, todo en una caja, y se encontró con Stephanie delante de los ascensores.

—Anda, tú por aquí —dijo Annie.

Stephanie no paraba de aparecérsele de la nada, tan familiar como cualquier mueble de su casa.

—Me acabo de enterar —le dijo su amiga—. Oye, lo siento muchísimo. Yo no pretendía…

—No pasa nada. ¿Tú también te ibas ya?

—Sí, estaba a punto de irme.

—¿Por qué no te vienes a casa?

—¿En serio? ¿Ahora?

—Ahora —dijo Annie sujetando la puerta.

Estar con Stephanie en el ascensor era lo contrario a estar con ella en la terraza. Annie sintió el calor de ambas, el silencio contenido, amplificado y centrifugado en círculos. Le entraron ganas de aporrear las paredes o de apretar con fuerza el botón de emergencia, mientras los ojos se le inundaban de una rabia inesperada. Quiso que una de las dos estuviera en otra parte, pero parecían condenadas a estar siempre en el mismo sitio al mismo momento. Sorprendió a Stephanie con la vista fija en ella desde el otro lado del ascensor, con una curiosidad un tanto impertinente, y resistió las ganas de apartarla de un manotazo. Lo que necesitaba era que su amiga fuera a su casa, alargara la mano, abriera la puerta del armario y listo, todo se resolvería, la rabia se apagaría chisporroteando por los bordes de la terraza. Pero ¿no se había enfadado también otras veces en la terraza? ¿No había sentido algo peor que rabia?

—¿Te llevo la caja? —se ofreció Stephanie.

—No.

Cuando llegaron al piso, Edward estaba dándole de comer a Rose mientras se calentaba unas sobras para él.

—Anda, podrías haberme avisado —dijo señalando a Stephanie.

—No pasa nada —respondió ella intentado sonar serena; lo único que quería era relajarse y sentir esa alegría perezosa, el feliz peso sobre piernas y brazos—. Vamos fuera un rato.

—No sé yo —dijo Stephanie, con el abrigo a medio quitar—. Ahí fuera nos vamos a congelar.

—¡Qué más da! Tenemos mantas. ¡Podemos tomarnos un té caliente! —exclamó Annie, que dejó caer la caja con las cosas de la oficina en el suelo, al lado de la puerta del armario.

—Hace menos doce grados —dijo Edward, que miró la caja y luego a su mujer.

—¿No podemos quedarnos dentro, mejor? Podríamos ver una peli —sugirió Stephanie—. Más a gustito. —Cambió el peso de pierna, parecía incómoda y, por primera vez, sentía que sobraba.

—No sé —dijo Annie, que notaba que le subía por dentro una desesperación tremenda, ese derechazo de descontento que le pegaba con más fuerza y más puntería cada vez que Stephanie abría la boca para hablar; cogió a Rose en brazos—. No sé, ahora que lo pienso, quizá sea mejor que te vayas.

—Annie, si es por lo del trabajo…

—No te vayas, Stephanie —intervino Edward—. ¡No pasa nada, de verdad!

Él se abrió paso para acercarse a ella, mientras intentaba entender qué estaba pasando, seguramente aterrado por si Annie le decía algo horrible, pensó esta, algo que revelara la manera tan vil en que habían estado utilizándola, aprovechándose de ella, canjeando su amistad por un poco de aire libre. O peor, a lo mejor él realmente deseaba que Stephanie se quedara. Puede que sintiera (y esta palabra le cayó como una estaca de hielo desgajada de un tejado) *debilidad* por ella. El dolor de ese delicado sustantivo era más poderoso y preciso que la rabia amorfa que Annie había traído consigo a casa desde la oficina, y su impacto le hizo cooperar.

—Perdona —dijo Annie meneando la cabeza—. Lo siento mucho, estoy que no estoy. Claro que podemos quedarnos dentro. Podemos ver una peli. —Le ofreció a Edward una sonrisa vaga y confundida.

Aunque la rabia seguía allí, un repentino cansancio la había enterrado bajo varias capas. Así era como solía aparecer la tristeza en la vida de Annie, como una inesperada densidad de sentimiento que achantaba a toda otra emoción hasta que lo único que quedaba era fatiga.

Stephanie miró a Edward y alargó la mano; boqueó un «no pasa nada», recuperó la bufanda y se fue hacia la puerta. Annie intentó imaginársela volviendo a su casa, a su propio piso, y se dio cuenta de que no lo podía visualizar. Todavía no los había invitado a su casa.

—Ya nos vemos, Rosie bonita —dijo Stephanie.

El diminutivo se le guareció bajo la piel y ya no salió de allí. Antes de cumplir los diez y de que tuviera que irse a vivir con su abuela, todo el mundo la llamaba Anne. Los nombres pueden cambiar una vez, y luego cambiar para siempre, y todo gracias a una pequeña adición.

Habían estado semanas sin ver a Stephanie, pero hasta que no llegó marzo, cuando la nieve empezó a derretirse ventana abajo, Annie no sintió del todo la ausencia de la terraza. Con eso de tener tanto tiempo libre, se echaba a la calle y daba largos paseos con Rose bien sujeta en su carrito. Deambulaban por el barrio, degustando las ofertas de café con donuts que se iban encontrando, con la niña cogiendo las gotitas de agua que caían de las ramas, armonizando con los pájaros. Annie intentaba no aplastar las lombrices, pero había veces que alguna acababa partida en dos. Y luego terminaba el paseo, y, de vuelta en la casa, no había salidas ni entradas que revelar de golpe con seguridad, nada de aire o espacio extra que reclamar. No se sentía atrapada, pero le costaba menos soportar las limitaciones de su casa antes, cuando aún ignoraba la existencia de la terraza.

Sus días se contaban por los hitos de Rose, que se acumulaban a una velocidad alarmante: Risa, Gateo, Comida, Saludo, Palabra. Esos eran los nuevos nombres propios y apropiados de su vida, todos primicias. Iba apuntándolos en un cuaderno de hitos y fantaseaba con el resto de los nombres que estaban por llegar. Incluso los que no eran ni primeras ni últimas veces eran emocionantes. Las veces intermedias podían ser igual de buenas, o incluso mejores, como el trozo del centro de un bizcocho cuadrado.

A pesar del aterrador coste, cada vez mayor, de que Annie estuviera en paro, Edward parecía resignado a esta nueva situación, incluso contento. La animó a tomarse su tiempo, todo lo que necesitase. Sin pasarse y eso, claro; el tiempo adecuado, siempre y cuando fuera la cantidad de tiempo que ella necesitaba. Nunca mencionaba a Stephanie, al menos hasta el día que llamó al timbre de la casa.

Justo esa mañana la temperatura había subido hasta lo que habrían sido los grados ideales para estar en la terraza. Era una primavera de las de verdad, como las que recordaban de su infancia, como las que siempre se anhelaban y raras veces asomaban. Los pájaros habían hecho los nidos en el alféizar de Túnel Palomo y los huevos de las palomas no provocaban en Annie ni asco ni ternura, tan solo una curiosidad prolongada o algo similar. Salía a mirarlos todas las mañanas. Ese día estaba precisamente comprobando cómo seguían cuando llegó Stephanie.

—¿Os importa que pase? —preguntó, con una bandeja de brownies caseros en las manos.

—No, claro, pasa —le dijo Annie.

Pero ¿cómo que «no, claro»? En su interior se desató un lado animal que le hizo enseñar los dientes. Pasado un momento, pudo disimularlo con una sonrisa, y eso hizo.

—¿Me quito los zapatos? —preguntó Stephanie.

Era una pregunta absurda después de haberse tirado meses pisoteándoles el piso con tacones, botas y zapatos planos por igual. Pero tal vez la casa hubiera cambiado. Quizá también Stephanie había cambiado.

Annie hizo un gesto con las manos, desestimando la pregunta.

—Me alegro de que hayas venido —dijo, aunque al instante se arrepintió: ¿se alegraba?

Se hizo a un lado para dejarla pasar, a ella y a sus brownies.

—¡Stephanie! —exclamó Edward apareciendo detrás de la barra de la cocina con Rose encajada en la cadera—. Qué sorpresa más agradable.

Annie sabía cuándo su marido se sorprendía. Recordaba su cara la noche que apareció la terraza la primera vez; en la fiesta de su trigésimo cumpleaños, esa risueña emboscada de amigos y familiares; la tarde que ella le dijo que estaba embarazada de Rose; el día que nació la niña, dos semanas antes de salir de cuentas; aquel momento muchísimo tiempo atrás en que descubrió que, pese a todas las otras posibilidades, no solo él quería a Annie, sino que también ella lo quería a él.

La cara que ponía ahora, ensanchada y cálida, no se asemejaba a esas otras encarnaciones faciales. No, no estaba en absoluto sorprendido. Las cejas se le habían disparado hacia arriba con el terso impulso de un plan bien engrasado.

—Vamos a sentarnos fuera y hablamos —dijo él mientras conducía a Stephanie hacia la puerta del armario.

Agarró el pomo como si no se hubiera ido nunca y, con una ligera rotación de muñeca, allí estaba la terraza, tal y como la recordaban. Los crisantemos, pese a los meses pasados, seguían en flor. Annie había olvidado la sensación de tener la puerta abierta, de que entrara aire en la casa, de que la luz pasara el color de los suelos por un filtro de un azul más intenso. Se le descontracturaron los hombros y pareció desvanecerse el crujido del cuello. Por un momento casi se le olvidó lo enfadada y lo incómoda que estaba. Qué alivio, tener más después de tener menos.

—¿La has invitado tú? —le preguntó Annie a su marido una vez que Stephanie estuvo fuera y no había peligro de que la oyera.

—No te enfades —contestó este empujando suavemente a su mujer hacia la puerta y la luz del sol, mientras le iba a la zaga, con Rose a cuestas—. Porfa...

Deambularon en silencio unos minutos, inspeccionando lo que los rodeaba, asimilando la terraza en esa nueva estación. En primavera, comprendieron, olía a rocío y a flores nuevas. ¿Habrían cambiado los árboles, y los habrían sustituido por especies más olorosas, para trasmitir mejor el mes en el que estaban?, se preguntó Annie. Por supuesto, Stephanie no sabía que habían estado huérfanos de terraza, de modo que la forma que tenían ellos dos de mirarlo todo debió parecerle un tanto extraña.

—¿Te apetece algo de beber, Stephanie? —le preguntó Annie.

—No, no, gracias. No me voy a quedar mucho rato —respondió. Luego esperó a que los tres estuvieran sentados para decir—: Quería pedirte perdón, por entrometerme en tu vida, en tu trabajo. Tengo la sensación de que me convertí en un auténtico estorbo.

—¡No digas tonterías! —repuso Edward.

Annie miró primero a su marido y luego a su amiga. ¿Acaso habían ensayado ese diálogo?

—A veces no lo puedo evitar. Tengo problemas —dijo Stephanie clavando la vista en el suelo, una confesión indirecta que, aun así, parecía sincera.

—Nunca has sido un estorbo —dijo Annie mirando de nuevo a Edward, que hizo un gesto con la barbilla, como animándola a seguir—. Te hemos echado de menos. Y Rose también. Annie se puso a la niña en el regazo, como para invalidar la afirmación previa, reclamando a la cría de forma unívoca. El sol le había secado los ricitos en cuestión de minutos, se los había vuelto cálidos y suaves. Enterró la cara en el pelo de su hija mientras le daba vueltas a la frase «Y Rose también». Parecía de algún modo crucial, pero la información crucial se esfumaba, refractándose y escapando en la agradable luz de la mañana. Stephanie miró a Annie con gran interés, como si aquel momento fuese lo único que había ido a presenciar.

—El caso... Eso es lo que quería deciros —siguió Stephanie—. Que os agradezco mucho vuestra hospitalidad.

Y entonces, como impulsada por la terraza y por la palabra «hospitalidad» a la vez, Annie se levantó del asiento como un resorte.

—Quédate un ratito más. Voy a poner en un plato esos brownies con tan buena pinta que has traído.

Dejó a Rose en el regazo de Stephanie y levitó para irse, apenas controlando sus extremidades, mientras dudaba de si había hablado en voz alta o solo en su cabeza. Al momento estaba en la cocina. ¿Cómo he llegado hasta aquí?, pensó. ¿Y dónde está Rose? Escuchaba el canto del pájaro y el son de su familia a lo lejos, su Familisón, Rose con sus gorjeos y haciendo sonidos para acompañar a los aviones que pasaban por encima, la risa de su marido subiendo y luego cayendo en un particular *staccato*.

—Nena, ¡ven corriendo! ¡Hay una ardilla voladora! Pero ¿no se habían extinguido?

Annie sintió que se le aceleraba el corazón, que se quedaba sin aliento. Se le cayó el plato al suelo. Era raro, pero estaba segura de que no llegaría a ver la ardilla voladora, pese a que aún no podía saber por qué era importante.

—¡Corre! ¡Te la estás perdiendo!

Cuando Annie se dio la vuelta, el cuerpo de Stephanie estaba bloqueando por completo el umbral. Tenía una expresión neutral en la cara, o quizá había en ella un ligero desconcierto. Cerró la puerta a la mitad, con lo que la luz se atenuó y una sombra recayó sobre el suelo. Y entonces, acto seguido, agarró el pomo, como tantas otras veces, salvo que esa vez lo hizo desde fuera. Stephanie cerró la puerta, clic. La terraza, una vez más, desapareció. Annie estaba sola.

Si alguna vez fuera posible dejar de pensar en la muerte, eso es lo que Annie pediría. Para avanzar, era impepinable eliminar la amenaza de muerte de sus pensamientos. La intemperie, los inviernos, el calor, los animales, la lluvia, la nieve, lo desconocido. Para avanzar, Annie necesitaba elaborar una premisa de vida. Sería bajo esa premisa como esperaría a Edward y Rose.

Al principio la espera fue fácil. El regreso parecía inminente. Esperó con la premisa de vida. Por supuesto, estuvieron los gritos iniciales, el partirse en dos, ruidos que provenían de una parte sin nombre de su cuerpo. Pero después, esperó. Observaba los huevos de Túnel Palomo, se comía la bandeja de brownies, se quedaba en el suelo al lado del armario.

Con gran diligencia, intentó girar la muñeca a la velocidad justa, tirar del pomo hacia ella con la esperanza de descubrir a Edward sonriéndole al otro lado de la puerta. ¿O sería ahora «Eddie»? ¿Y su hija sería «Rosie»? Pero entonces la paloma madre abandonó los huevos. Estos se abrieron sin que los empollaran, una fina maraña de amarillo elevándose del cascarón de cada huevo. Y luego se los llevaron, otras palomas se los comieron, y era así como la presencia de la muerte siempre se las arreglaba para volver.

Annie cambió de sitio, de estar al lado del armario pasó a meterse dentro y aovillarse allí. La cercanía, pensó, obrará la magia. Unos pocos días después ya podía oír sus voces al otro lado del tabique del armario, o eso le parecía. El Familisón, repicando como campanas justo fuera de alcance. Y, por supuesto, se los oía más claro si cerraba el armario del todo, así que se pegó las rodillas al pecho y cerró del todo la puerta.

Por ella habría seguido escuchándolos así toda la vida, allí metida, con la cabeza acolchada por los jerséis y los plumíferos que habían dejado atrás. No lo hizo, claro. El duelo no es la puerta que te acoge; es la puerta que te deja fuera. Pero Annie se permitió aquel momento. Las perchas de plástico moviéndose con la incorporeidad de un carrillón. Las preguntas endureciéndose y multiplicándose. ¿Qué nombres aprenderá mi hija? ¿Qué Terralatos contará? Una brisa imaginada desde un lugar invisible. Un nombre propio y apropiado para ese sentimiento, Annie lo tiene en la punta de la lengua... El resto del mundo perdiéndose de vista lentamente.

CAPRICHO

———

La primera vez que la pareja vio la casa fue desde bien lejos. Cuando se incorporaron a la nacional, se divisaba al otro lado del arcén, por encima de la copa de unos árboles, una edificación tan majestuosa como decadente, con unos jardines crispados y unas grandes ventanas sin cortinas.

—¿Seguro que es esa? —preguntó el hombre.

—Estoy comprobándolo en el mapa —le respondió la mujer, que se amontonó el pelo en la coronilla y luego se lo dejó caer por los hombros.

A él le encantaba cuando hacía eso.

—Tendríamos que haber seguido a la caravana desde el cementerio.

—Querrás decir a la procesión.

—¿Al desfile?

—Desfile lo dudo mucho —dijo ella riendo.

Habían estado en un funeral y ahora iban camino del aperitivo que había organizado la familia. Las señas estaban impresas en una tarjetita color crema con una fuente caligráfica que a Lydia le había gustado bastante. Ella habría escogido una parecida. «Por favor, reunámonos para unos refrigerios con recuerdos.» La dobló varias veces en forma de acordeón y se la guardó en el bolsillo antes de inclinarse desde el asiento del copiloto y apoyar la cabeza en el hombro de su marido.

—Oye, cuidado, que estoy conduciendo. —George dio un volantazo para hacerse el gracioso y ella se encogió del susto. Él siempre hacía bromas de ese estilo, chistes con remate inescrutable. No era comediante ni nada parecido; era historiador. Se había especializado en la Edad Media, una época que por lo general no se consideraba muy divertida, aunque él afirmaba que tenía sus momentos.

—Ja, me parto —dijo Lydia cuando recobró el aliento.

George no lo podía evitar. Su mujer era un objeto de tormento tan exquisito... Se lo ponía tan a tiro. Puso el intermitente y volvió a su carril.

Quizá el remate final tuviera que ver con que algún día uno de los dos moriría.

—Tengo que preguntarle a Rose cómo hizo para criar a una copiloto tan adorable —dijo George.

—A mi madre la dejas.

Fuera, las cigarras estaban sinfónicas. Las nubes rodaban por el parabrisas en formaciones de caliza y cuarzo rosa que se desmenuzaban. El cielo era de un tono de azul con las ventanillas subidas y de otro cuando las bajaban. ¿O era un recuerdo de un coche distinto, de un día distinto?

Tomaron la siguiente salida y, al cabo de dos o tres kilómetros, ahí estaba: un largo camino serpenteante que desembocaba ante una especie de mansión. Una de esas entradas adoquinadas que podía haber sido un foso de otra época.

—¿Dónde estamos? —preguntó Lydia mirando alrededor.

—Ha llegado usted a su destino —anunció George.

—Pero *¿cuándo* estamos?

—Es la una y media.

—En qué siglo, me refiero.

Le alisó la tela de la manga. Él seguía con el traje negro. Lydia llevaba una americana con un talle muy bonito, de grueso tweed color endrino que se había puesto para otro funeral hacía mucho tiempo. Seguía quedándole bien por la cintura. Al fin y al cabo, apenas se le notaba todavía. Estaba dándole vueltas a algo, pero no se acordaba de a qué. La pregunta estuvo centrifugándose por dentro un buen rato y luego se disolvió como azúcar en agua caliente.

Era extraño, pero la casa era a la vez más ancha y pequeña de lo que había imaginado desde la interestatal. Que es otra manera de decir que se había equivocado por partida doble. Lydia pensó que era curioso que la mente pudiera ser imprecisa en dos sentidos, dejando espacio y a la vez no haciendo el suficiente. Al cuerpo se le da mucho mejor expandirse, incluso aunque la gente siempre esté diciendo que puedes expandir la mente con libros, cursos, conciertos o un porro bien cargado.

—Una casita de lo más pintoresca, ¿no te parece? —comentó, a lo que él le respondió dándole un beso en la oreja.

Se antojaba monstruosa por el lateral pero modesta por la fachada. Los arbustos de alrededor de la puerta tenían un tacto almidonado. Y olía a algo. ¿A mantillo? Putrefacción y tierra removida, sin duda un proyecto de paisajismo. La única señal de bienvenida en la parcela era la fila de coches aparcados en la calle, prueba de que había una reunión cerca.

—Bueno, a ti siempre te ha gustado lo rústico —dijo George.

—No, perdona, me gusta lo retro —dijo Lydia, que volvió a amontonarse el pelo en la cabeza.

—Retro, rústico…, *let's call the whole thing off* —canturreó—. Para gustos, los colores.

—Mis favoritas son las que están en ruina.

—¿Ah, sí?

—Ajá. Y recuerda: allá donde hay muertos, hay bagels. Vamos —dijo cogiéndole de la mano.

43

Atravesaron la puerta abierta en busca de algún anfitrión, un invitado o una cara amable. ¡Ah, eso!, le vino entonces la pregunta. Ni aunque fuera la vida en ello, habría sido capaz de recordar quién había muerto.

Pasó algo de tiempo. George tenía una taza caliente en la mano y estaba mirando las fotografías enmarcadas que había en la pared. Debían de haberle colocado el cuerpo en esa postura, con mucho cuidado; no recordaba ni haber cogido la taza ni haberla rellenado. Su mujer se le apareció de la nada por el costado, como salida de una neblina. Se detectaban unos murmullos apagados y unos sollozos amortiguados provenientes de una habitación cercana. Lydia traía un plato combinado con ensaladas varias, galletitas saladas, tostadas diminutas, fruta, un *bialy* con queso de untar. Esa era una cosa que le encantaba de estar casado con ella, el plato de bufé compartido. Una vez, en una fiesta a la que fueron donde había unos canapés impresionantes y unos suflés en cucharitas pequeñas, Lydia fue a recolectar y volvió a la mesa donde estaban con un platillo lleno de cuñas de lima, así como dos tenedorcitos de cóctel. Porque eso no fue en su boda, ¿no? Tampoco lo descartaba.

—Esta casa tiene algo raro —le dijo ella.

Él estaba a punto de darle la razón cuando unas vibraciones graves de música resonaron desde alguna planta superior y le hicieron perder el hilo.

De pronto, el salón. Lydia se vio de pie al lado de una ponchera de cristal tallado y un cucharón con el monograma que le era familiar. O quizá fuera una marca comercial. Las tazas eran muy refinadas y parecían extremadamente frágiles. Por todo alrededor la gente hablaba en cuchicheos. No conseguía cruzar la mirada con nadie. No sabía cómo, pero tenía la certeza de que la cristalería era un conjunto que habían comprado y le faltaba una pieza. Claro que sí, solo había once tacitas y lo lógico era que fuesen doce. Fue a buscar a George para contarle lo de la taza que faltaba, pero no hubo manera de encontrarlo.

Hasta que se dio cuenta de que la duodécima taza la tenía ella en la mano.

—¿Esto tiene alcohol? —le preguntó a un grupo de espaldas señalándoles el ponche, pero nadie le respondió directamente.

Un sorbo tampoco iba a hacerle daño a la criatura. A lo mejor hasta es bueno, pensó, mientras repasaba el lúgubre entorno. Qué frío todo. Qué maleducado era todo el mundo allí. Le vino a la cabeza una expresión muy trillada: «¡Tienes cara de haber visto un fantasma!». A lo mejor los demás lo habían visto y era ella la maleducada.

Si su mente había deambulado, otro tanto habían hecho sus pies, que la llevaron hasta la otra punta del edificio, y a espiar por la puerta de un cuarto. Estaba decorado con buen gusto, como salido de un catálogo, con mantitas de chenilla y sábanas de lino planchadas. Sentía calor por el cuello y no paraba de recogerse los rizos en la coronilla, para luego dejarlos caer al punto. Una costumbre tonta que a George lo volvía loco. Se acercó a la cómoda como si fuera lo más normal del mundo y rebuscó para ver si encontraba una horquilla.

—Aquí estabas —dijo apareciendo su marido, que se dejó caer en un confidente que había en la esquina del cuarto y tiró de ella para que se le sentase encima.

—Estaba perdida.

—Estabas curioseando.

—¿Y qué pasa? Tú me has dejado tirada —dijo.

—Lo dudo mucho. Soy yo el que se ha quedado solo, ¡solo y desamparado!

Permanecieron ahí sentados un momento, mirando la parcela por la ventana, que era enorme y parecía extenderse por todo un condado. Había árboles majestuosos que albergaban ecosistemas enteros y, más a lo lejos, unos enrejados con flores marchitas. Había hierba para retozar toda una vida, si era uno de retozar. Cerca de la linde con la carretera, se divisaba el capricho. Un desbarajuste de piedra, como si una torre medieval se hubiese hundido por debajo del terreno y tan solo hubiera quedado una bóveda por encima.

—¿Qué es eso que hay ahí? —le preguntó Lydia señalando.

—¿El capricho? Es decorativo.

—Pero ¿para qué sirve?

—Para nada, es decorativo. No tiene propósito alguno.

—Pobre, necesita un *coach*.

—O una amante.

El capricho no estaba tan tan lejos de la casa, pero por la ventana parecía estar retirándose a toda velocidad, como fundiéndose con el fondo.

—¿Y si vamos a explorar? —le propuso él.

—Después del panegírico.

—Ya hicieron el panegírico en el cementerio.

—Madre mía, ¿dónde tengo la cabeza?

—Vamos a ver si la encontramos. ¿Les decimos que vamos a dar una vuelta por fuera?

—¿Que se lo digamos a quién?

El día se había convertido en una calurosa jornada de otoño y Lydia mudó la chaqueta durante la caminata. En cuanto llegaron a la sombra en forma de cúpula del capricho, tanteó con el pie una piedra que había volcada y se aseguró de que era estable antes de sentarse. A su alrededor, la luz y las hojas eran doradas y tersas, y la belleza se le instaló en el pecho, como suele hacer la belleza, en una transición desde algo visto a algo sentido, algo que se recordaba y se experimentaba al mismo tiempo. Remetida por un recoveco, vio una muñequita pequeña, un colorido juguete con un cordel colgándole por la cintura. Le había crecido hiedra y musgo por los bordes y parecía atrapada en un pequeño nido. Lydia tuvo el impulso de meterlo hacia dentro pero, cuando fue a cogerlo, el corazón le dio un vuelco. ¿O era que la criatura le había dado una patada? Le pasaba mucho, confundir estas dos cosas. Abandonó la idea y se puso en cambio a abanicarse con una mano extendida.

—Tampoco es que haga tanto calor aquí fuera —dijo George.

—¡El calor no es empírico!

—Pues claro que lo es.

—Bueno, a ver, yo estoy aquí cubierta en *shvitz*, querido.

—Sudor y lágrimas, sonrisas y lágrimas —canturreó.

—¿Te acuerdas de cuando hacía fresco en otoño? —preguntó Lydia.

George le enjugó la frente con el puño de la camisa y ella sonrió y se secó sola el resto del sudor con el pecho de él, acurrucándose contra la barriga y la carne blanda, que cedía ante su afecto. Le dejó un cerco mojado en la camisa almidonada.

—Vamos, anda —dijo George sin aliento—. ¿Cómo mierda vamos a andar persiguiendo a un crío si no somos capaces ni de dar una caminata?

—Uuuh, que viene el coco… ¡Capricho o locura!

—Hablo en serio.

—¿Quieres que me traiga a una niña que encuentre cerca del ponche y le pida que eche a correr como si le fuera la vida en ello?

—No. Mejor, echamos nosotros una carrera.

George le sonrió con picardía. Sabía que era incapaz de decir no a una competición, del tipo que fuera.

—Ni lo sueñes —respondió Lydia, que sin embargo estaba ya atándose los cordones de las botas.

—¿Quien gane paga la cena? —sugirió estirando los gemelos contra una columna dórica.

—No, he sacado el pastel de carne del congelador —dijo ella.

—¿El que pierda se traga un sapo?

—Los sapos están en serio peligro de extinción, vida mía, a ver si eres más sensible.

—Vale. El que gane puede morirse primero. —Otra de sus bromitas.

—Genial. ¡Muy funerario!

—Uno, que sabe adaptarse al entorno. —George se había puesto a hacer unos *lunges* exagerados y Lydia no pudo evitar reírse.

—Un momento... ¿El que gana no querría vivir más? —En cuanto lo dijo en voz alta, Lydia supo al instante que estaba equivocada: los que ganan quieren vivir juntos, no solos.

—A sus puestos...

—¡No pienso caer en eso! —chilló, y salió corriendo de vuelta a la casa sin esperar la cuenta atrás, se chocó con George y le sacó como pudo una pequeña ventaja.

A él no le costó acelerar y al poco la levantó por la cintura, a la que ella llamaba su Edad Media.

—Suelta, ¡que soy una reliquia del pasado!

George la soltó a un lado del camino y luego se adelantó al trote. Los dos habían hecho trampas para no acabar viviendo sin el otro. Pero acabó ganando él.

En el camino de vuelta, a Lydia le vino a la cabeza la idea de que quizá habían ofendido a los dolientes con su jueguecito, pero una vez más no pudo concretar ni quiénes eran los dolientes ni quién el difunto. La información le pasaba rozando por la cara, demasiado cerca para dejarse ver pero lo suficiente para ser un incordio. Si no era capaz de recordar a quién había ofendido, entonces seguramente no había ofendido a nadie. ¿Verdad? No, no era cierto. Pero bueno. Los dolientes eran una nube gris sin rostro que se retiró, tambaleante, al fondo de su consciencia, y en la que raro sería que volviera a pensar.

Tuvieron que parar un montón de veces para que ella fuera al baño. En esos primeros meses su vejiga estaba insoportable. George se dedicó a comprar un souvenir en cada área de descanso y le iba rogando a Lydia que guardara el abalorio para su inminente funeral. En una de esas ella salió del aseo de mujeres y se lo encontró con una taza verde chillón en la mano que afirmaba que un estado en concreto era para enamorados.

—Ah, hola, creo que no nos han presentado —le dijo ella a la taza—. ¿Cómo está usted?

—Entiérrala conmigo. Por favor, querida, no te olvides.

—Os recordaré a ti y a tu enamorada con mucho cariño.

Llevaba ya acumulado una bolsa de caramelos, un llavero y una pegatina para el coche que decía CUIDADO CON LOS OSOS.

—Mis más preciadas posesiones —dijo él.

Una vez que accedió a enterrarlo con su botín, pasaron a los puntos más delicados, como los discursos y las canciones. Él no quería nada muy historiado; le bastaba con una orquesta de dieciséis componentes.

—Y quiero que tú escribas algo. ¿Cuánto cobras?

—No te lo puedes permitir —dijo Lydia apuntando hacia arriba la barbilla, pero sí que podía: era muy pero que muy asequible.

Hasta más tarde esa misma noche, ya en la cama, no le cayó de otra manera la idea de la muerte de George. La muerte de su marido, que él mismo se había ganado con todas las de la ley. Lydia llevaba un tiempo sin sentir ese círculo inútil, la inconfundible forma del miedo, las Preguntas. Ahora se encontraba en su circunferencia. ¿A qué clase de fallecimiento habían invitado con su jueguecito estúpido? ¿Moriría joven George? ¿Se lo seguía considerando joven y, lo que era más importante, se le consideraba a ella? Podía ser a la vez flamante viuda y madre anciana, ¡dos por una! Al fin y al cabo, una cosa era el parto geriátrico y otra la muerte geriátrica. Se inclinó sobre su marido para comprobar si seguía respirando. Bah, estaba roncando. El mediocre pastel de carne que habían cenado estaba sentándole regular a la barriga, pero al menos si lo había envenenado a él sin querer, también se habría envenenado a sí misma.

—Diagnóstico: cerebro embarazado —dijo George cuando por fin ella le confesó su miedo.

Lydia había estado guardándoselo varias semanas. Él tenía razón con lo de las hormonas, pero ¿hacía falta decirlo así? Cerebro embarazado, una mente en expansión. Por un momento le deseó la muerte, y luego se echó a llorar.

—¡Lo siento! ¡Acabo de desear tu muerte!

—No eres tan poderosa, que lo sepas. No puedes matarme solo con pensarlo.

—¿Por qué no? Yo me mato todo el rato de pensamiento —dijo ella contra el pañuelo.

—Eso es verdad. Pero yo no pienso ir a ninguna parte.

—Muere gente todos los días así de golpe. Hace poco estábamos vestidos de luto por el bueno de como se llamase.

—¿Vestidos de luto por quién? —preguntó George, lo cual la sorprendió.

Había creído que él rellenaría el hueco con el nombre. Ahora sí que no tenía ni idea de a qué funeral habían ido.

—La gente está cayendo como moscas —dijo ella blandiendo la mano en el aire para dar más empaque a sus palabras—. Es la última moda.

Él se rio y la envolvió entre sus brazos.

—Yo creía que eran las moscas las que caían como la gente.

—Eso solo pasa en Nevada. Los científicos están investigándolo.

—¿Quieres la revancha? Si lo prefieres, te dejo ganar esta vez.

—No digas tonterías —contestó, pero sí, en realidad eso era lo que más quería del mundo: no quería sobrevivir a nadie, y menos a él.

George siguió corrigiendo exámenes y Lydia volvió al artículo que estaba escribiendo sobre las gambas, sobre su cría intensiva e insostenible y sobre que pronto no quedaría ni una en ningún océano. Ni al ajillo, ni en cóctel, ni con leche de coco. Nada de nada.

Las cosas habían mejorado. Lydia tenía un bombo del tamaño de una máquina de chicles de juguete. Tenía un gráfico que le enseñaba con qué comparar su medida. Allá donde iba, la gente se alegraba de verla, y era una sensación a la que no estaba acostumbrada, esa capacidad para hacer que los desconocidos sonrieran y parecieran agradecidos de su presencia. En ese sentido, tener dentro a una criatura era como ser una cría ella misma. El mundo te abría los brazos, quisieras o no. Y no podía andar preocupada con que su marido fuera a morirse cuando estaba consumida por mantener con vida a un crío. Y luego que si los libros, los trucos, los cereales integrales, también de todo eso tenía gráficos. George andaba en su propio subidón de vida sana. Iba en bici a las clases de preparto, a trabajar, al mercado. Una vez se fue a hacer unos recados para la cena y tardó una eternidad en volver a la casa. La bici salió despedida por la cabeza de Lydia y acabó embestida contra el tráfico, aplastada bajo el peso del *ginger ale* y del pack familiar de muslos de pollo. Antes de darle tiempo a llamarlo o mandarle un mensaje, él estaba atravesando la puerta de la entrada, vivo como el que más, y contándole la cola tan larga que había en la caja. Lydia fingió que no pasaba nada y el disimulo casi lo convertía en verdad.

Había noches en que se sorprendía soñando con el capricho, sobre todo durante el tercer trimestre. Al final del sueño, un terremoto abría el suelo y el capricho iba asomando hasta revelar una fortaleza totalmente sepultada, con sus almenas y sus torres, elevándose para saludar al cielo desde la tierra y el escombro. Siempre había sido un castillo. Esperaba que cuando muriese la enterrasen allí abajo del todo, sin que sobresaliera nada por encima, por favor. Pero ¿quién estaría allí para enterrarla si él moría antes? Ah, es verdad. Se acarició la barriga.

George estaba tutorizando a sus alumnos en sus tesis. Beda el Venerable, la peste bubónica, diez perspectivas distintas de las Cruzadas. Lydia estaba más tranquila que antes aunque seguía con cierta tendencia a los arrebatos. Una vez que él no se presentó para una ecografía lo llamó treinta veces. Muerto sobre el asfalto. ¡Muerto a manos de un villano! Atado a las vías del tren, como en los dibujos animados. No, se había liado en el trabajo, ¿es que no lo entendía? Sí, había tenido una tutoría más larga de la cuenta con la universitaria guapa, pero no había pasado nada. Solo habían estado repasando para una presentación. Se preguntaba por qué a Lydia no le preocupaba la infidelidad, como a una persona normal. Todas las historias tenían que acabar con él muerto. ¿Es que no podía dejarlo morir a su ritmo, en paz?

—Me quieres robar el protagonismo —dijo George mientras Lydia lloraba sobre unos palillos de pan porque él no le había cogido el teléfono en todo el día—. Cuando muera, ¡me gustaría pegarte un susto de muerte!

—No tiene gracia —contestó ella apretando la nariz mocosa contra su cuello.

—Pero si es para morirse de risa. Imagina la cara que se te puede quedar.

—Qué cruel eres.

Él la llevó al cuarto, le quitó los pantalones, repasándole las piernas con la mano, la piel, con las yemas de los dedos. A ella se le escapó un suspiro. Con la cabeza de él entre las piernas, la muerte, pequeña o grande, no era una preocupación.

—Por favor, no te me pongas filológica—dijo antes de que ella pudiera hacer su chistecito orgásmico.

Después se puso a leer las revistas y los estudios más recientes, mientras Lydia dormía a su lado. No es que pensara que podía sobrevivir sin ella, pero a veces creía que quizá ella tenía menos posibilidades de sobrevivir sin él. Era un sentimiento feo, pero eso no quitaba que fuese cierto. Un pequeño hecho punzante, que cobraba forma y le doblaba y le retorcía el corazón de maneras inesperadas. Envidiaba a sus alumnos de la facultad, que seguían creyéndose inmortales. Nada podía hacer temblar las realidades invencibles en las que habitaban. Sus mundos eran interminables. La universitaria guapa hablaba siempre con «cuandos», nunca con «ysis»: cuando consiga la plaza, decía, cuando tenga hijos, cuando viaje. Cuando sea mayor. Cuando sea vieja. Cuando tú lleves tiempo muerto, quería decir.

Se dio la extinción de las gambas, luego la de las truchas y el salmón y, por último, los sapos arriba mencionados. El trabajo la mantenía ocupada. Iba por la mitad de un artículo largo sobre la inevitable desaparición de los caracoles cuando empezó a sentir contracciones.

—Voy a llamar al médico —dijo George.

—Primero a mi editora.

Comunicaban, y luego lo pusieron en espera y luego la enfermera les rogó que por favor esperaran un poco más.

—Para caracoles, estos —dijo George.

—Es que hoy se ha puesto de parto todo el mundo, pero que todo el mundo —le explicó la enfermera.

Ay, a Lydia le daba mucha rabia hacer lo mismo que los demás. Pero qué le vamos a hacer, la extinción tenía que empezar por alguna parte. Se agachó, se arrodilló y se fue fundiendo de costado con el suelo hasta que tuvo todo el cuerpo recostado. Luego puso la cabeza contra el suelo y se rio. George fue a tumbarse a su lado.

—Ahora vivimos aquí —dijo.

—Siempre me ha parecido que eras una mujer con los pies muy en la tierra.

Sentía el desorden del piso, las miguitas de la vida diaria contra la mejilla. ¿Cómo iba a enseñarle nada al crío si ella no era capaz ni de coger una escoba? Aunque había otros campos de especialización que podía trasmitirle. La mejor manera de quitarle los pelos a un cepillo redondo era un cepillo plano. La lista de gasterópodos que seguían con vida, actualizada a diario a las seis de la mañana. Si no la receta del pastel de carne, sí la de las palomitas de cine en casa: vas al cine, compras palomitas, te las llevas a casa. ¿Qué estarían poniendo en los multicines? Lydia se moría de ganas de ver la nueva comedia del actor ese de la serie de abogados que les gustaba, y la actriz que se parecía a la prima de George, que también era abogada, pero de las de verdad. La prima, no la actriz.

Luego la mente de Lydia cayó por un barranco de dolor. ¡Estaba tan asustada que se le había olvidado! Tenían otros planes más urgentes.

Por una vez George también estaba asustado. Cuando por fin llegó la hora de irse, ni dio volantazos, ni hizo ninguna gracia, ni desafió a Lydia a un pulso mental. La llevó al hospital, aparcó el coche, cogió la bolsa de viaje y la ayudó a entrar sin decir nada.

—Lo llego a saber y me pongo de parto más a menudo —bromeó.

La medicación le había hecho ya efecto cuando Lydia le pidió a George que la enterraran al fondo del todo.

—¿A qué te refieres, corazón?

—A que no me dejes la cabeza por fuera como un capricho absurdo —contestó arrastrando las palabras—. Méteme bien en la tierra.

—Algo va mal —dijo el médico.

Eso es lo que George recordaba haber oído, aunque en realidad el facultativo no había dicho nada de nada. Hay momentos que pueden volverse muy literales en retrospectiva.

Pero sí que algo iba mal. El crío tenía el cordón umbilical enrollado en el cuello. Un par de manos fuertes sacaron a George de la sala y se echó a llorar justo entonces, como si estuviera ensayado. Luego se vio con un vaso de papel en la mano. Pensó en el funeral de hacía tantos meses atrás, en aquel horrible caserón, con una taza en la mano y sin recordar quién se la había puesto allí. ¿Por qué acababa siempre varado con brebajes de origen desconocido en las manos? ¿Y quién había muerto? Ni aunque le hubiera ido la vida en ello habría podido recordarlo.

Su hija, Anne, no murió ese día. Vivió. Lydia también. Por un momento, mientras veía a la niña en la incubadora, George por fin comprendió un poco mejor a su mujer, la manera en que la mente intenta expandirse y plegarse para acomodar la supervivencia de otra persona, como si tal cosa fuera posible. Los dos observaron cómo la niña inhalaba y exhalaba, y otra vez inhalaba, poniendo el aire en los pulmones de ella con el pensamiento. Anne encajaba en el pecho de Lydia con una naturalidad extraordinaria, y Lydia encajaba en George. Estaban metidos unos en otros como un juego de cuencos. Entre los tres ya superaban en número a las gambas.

Cuando él se reincorporó al trabajo, sus alumnos le hicieron un regalo para la recién nacida. Era un bodi con un estampado *tie dye* y un chiste sobre Carlomagno, muy de nicho. George supo que lo había escogido la alumna guapa porque esta se ruborizó cuando abrió el envoltorio, y salió la primera del aula con la esperanza de que él la siguiera.

Lydia le puso el bodi a Anne y le mandó una foto a George con un textito tonto para que él lo enseñara por el departamento y les diera las gracias. No pillaba del todo el chiste sobre Carlomagno pero, lo dicho: la Edad Media no era tan graciosa.

—Es que hay que vivirla —decía a menudo George.

—¡Muchas gracias pero no! —contestaba ella.

Después de darle el pecho, Lydia le enseñó a Anne un colorido libro sobre una granja. Sin trama, solo una sucesión de animales que se presentaban, uno a uno. ¡Vaya rollo! Pero eso era una trama en sí, pensó después de leerlo por septuagésima vez. La vida como una sucesión de presentaciones. A lo mejor habían sacado una segunda parte con una sucesión de despedidas. Se preguntó si las vacas serían capaces de echarles una carrera a los caballos en una competición por ver quiénes se extinguían primero. ¿Quién quedaría para ocuparse del rancho? Los pollos no, Dios nos libre. Huirían del gallinero. Y por supuesto una familia es un ecosistema que a veces también se extingue.

Anne miró hacia arriba, a su madre, sin sospechar que hubiese cosas que murieran. Las cosas vivían, bebían leche y producían sonidos. Quiso tocar la página del cordero de peluche, para sentir las fibras suaves contra la piel y oír a su madre hacer el sonido correspondiente.

Tenía decenas de libros ilustrados, pero había uno que sus padres le contaban todas las noches. La mayoría de los detalles se han perdido. Era algo parecido a esto:

Érase una vez un rey, y un reino, y una vieja torre medio caída, un capricho en las lindes de los terrenos reales. Después de tenerlo un tiempo vacío, el rey contrató a un hombre para que viviera en aquellas ruinas y trabajara allí como su ermitaño. Vestía un sayo amarilleado, una gorra y una capa y estaba obligado a escuchar a los viajeros y sus tribulaciones. Como el ermitaño no era más que un hombre corriente que estaba en deuda con el rey, en realidad no tenía una sabiduría particular que trasmitir. Así fue como se inventó una farsa, un juego para satisfacer a los caminantes y para entretenerse él.

«Si le das dos vueltas a la torre marcha atrás, te doy a elegir entre dos sinos», les decía. El primero era vivir eternamente. El segundo era morir solo.

Por supuesto, ambos sinos eran el mismo. Pero los visitantes del ermitaño parecían contentarse con el acertijo. Le daban vueltas a la torre, dando traspiés marcha atrás, y luego por supuesto escogían vivir eternamente. Se iban de sus dominios con la sensación de saber algo sobre el futuro y cómo recibirlo. Se iban menos asustados.

El juego del ermitaño se volvió muy popular en el pueblo y más allá. Puso una pequeña tienda de recuerdos al lado, con llaveros y pegatinas para el coche, tazas que anunciaban que ese reino era, de hecho, para los enamorados.

Un día por fin el rey fue a visitar al ermitaño. Estaba al tanto de las buenas críticas y quería verlo con sus propios ojos. El ermitaño le leyó los destinos posibles: vivir eternamente, morir solo. Y el rey se rio. Era un rey bondadoso, que no tonto.

—¡Pero si no son más que dos formas de decir lo mismo! Déme un consejo realmente sabio.

—¿Quiere sabiduría de verdad? Pues contrate a un sabio de verdad. Yo no soy más que un paleto que le debe dinero.

—Pero ¿acaso no ha aprendido nada de vivir aquí solo en medio del bosque? ¿No le ha venido ninguna iluminación? —quiso saber el rey.

—He aprendido que nadie vive eternamente, y que si su majestad no quiere morir solo, tendrá que estar más pendiente de las idas y venidas de la reina. ¿Lo pilla?

Después de eso, el rey desterró al ermitaño y contrató a otro. Uno profesional.

No, no era un libro para niños. Era otra cosa. Era un problema matemático o un artículo sobre estados feudales. Quizá había salido de un panegírico.

Nada iba mal, pero tampoco bien. La gente fue a conocer a la cría y luego durante mucho tiempo nadie los visitó. Lydia solía echar de menos a George desde el cuarto de al lado. Siempre podía llamarle, pero gritar parecía innecesario y ruidoso. Él ansiaba la soledad, pero tenía miedo. ¿Y si nunca llegaba a gustarle su propia compañía tanto como a Lydia? Ay, la soledad, pensaron para sus adentros. De esa que llega de dos en dos.

—¿Quién es ese? —preguntó Lydia, que se había perdido los diez primeros minutos de película.

—No sé quién es nadie, la verdad —dijo George con un puñado de palomitas en la mano.

Los dos personajes anónimos daban vueltas con el coche, y Lydia no llegó a enterarse ni de cómo se llamaban ni de qué relación tenían.

A veces su hija lloraba a un volumen afinado para romper en añicos la soledad de ambos, y entonces la soledad se reconfiguraba sola en una serie de *sketches* abruptos y torpes. Lydia entrando en el dormitorio en busca de George justo cuando este acababa de salir del piso para buscarla a ella. Estaban sentados uno frente al otro, callados, y de pronto se ponían a hablar los dos.

—No, tú —dijo George.

—No, no, tú —dijo Lydia.

Lydia hizo un chiste sobre reciclar que no merecía la pena repetir. Miró a los lados para ver si aparecía por la esquina un bastón suelto para sacarla de escena. Al fin y al cabo, se lo tenía merecido.

George hizo un sándwich de queso a la plancha y le añadió la mantequilla a la sartén cuando el pan estaba ya caliente. Todavía no había rayado el cheddar.

—Ah, interesante. ¿Ahora se hace así? —preguntó Lydia curioseando por encima de su hombro.

La casa se les quedaba grande cuando se deseaban y pequeña cuando se peleaban. Nunca tenía el tamaño apropiado. Estaba mal en ambos sentidos. Discutían sobre de qué estaban discutiendo, hasta que todas las discusiones caían por su propio peso y encajaban de aquella manera en el armario cutre de la cocina en el que la miscelánea del matrimonio languidecía en la oscuridad. El pesado bote con las monedas, la torre de estropajos, los ruinosos *tupperwares* manchados para siempre de salsa de tomate. No había ni un plato igual que otro y a la cristalería fina de Lydia le faltaba una pieza. Dejó a Anne sobre la manta de actividades en el suelo y le dio cuerda al muñeco que saltaba a la pata coja. Lydia se preguntó si esa soledad, en caso de no ser gestionada, se convertiría en un integrante más del matrimonio, si se convertiría en la cosa que realmente posibilitaba su matrimonio. Tan invasiva que, si llegaba a atajarse como era debido, acabaría en muerte.

Cuando Anne tenía dos años, asistieron a otro funeral, esta vez en una funeraria normal en la otra punta de la ciudad. La mujer había sido una preciada compañera del departamento de Historia. Lydia había coincidido con ella unas cuantas veces, en fiestas del claustro a las que había ido con George. La catedrática siempre parecía jadeante y sonrojada, algo que a Lydia le encantaba. Ahora se planteó si aquello no había sido más bien un síntoma de una enfermedad subyacente.

—Venga, Anne. Allá donde hay muertos, hay bagels —dijo George mientras le ponía el cinturón a la niña en la sillita del coche y le daba un beso en la nariz.

—Ostras, no digas esas cosas —replicó Lydia—. Es una tragedia.

—Llevaba mucho tiempo enferma —dijo George sin volverse—. Y además, no era tu amiga, era la mía.

Anne gorjeó.

—¡Papi!

Así discurrían últimamente sus conversaciones, por callejones y callejas sin salida donde en otros tiempos había reinado un infinito peloteo de palabras. Antes Lydia había creído que nunca se quedarían sin cosas de las que hablar. Pero si la mayoría de los recursos se agotan, ¿por qué no va a hacerlo la conversación? La extinción no conoce límites. No tardaría mucho en escribir un artículo sobre la muerte del diálogo. Una crisis de bares por todo el mundo. Se amontonaba los rizos en la coronilla y se los sacudía luego por los hombros, como le gustaba antes a George. Ahora lo llevaba más corto y no tenía el mismo efecto, pero quizá la acción lo dulcificara. O quizá, si ya no le gustaba, recordara al menos que antes sí y el recuerdo de ese gustarle le parecería igual de bonito.

—¿Quieres un chisme para el pelo? —le preguntó mientras le tendía a Anne su conejito.

—No, da igual. Vamos saliendo.

El funeral fue bonito. Risas, buena comida y gente abrazándose sin dejar hueco entre los cuerpos. Se notaba que era una persona a la que habían querido y respetado. El «muy querida» sobrevoló todo el acto. George hizo un discurso breve sobre cómo su compañera lo había defendido cuando él estaba empezando, cómo ella se había partido los cuernos por él cuando nadie más creía en su potencial.

«Yo sí creía en ti», pensó Lydia desde la silla entre el público, aunque sabía que él no se refería a eso. Cada vez era más dura con él, era consciente, y hacía eso tan horrible de buscar maneras en que las palabras de él podían herirla, buscando la acepción más en desuso que yacía latente en lo que quiera que le diera por decir. Estaba intentando presagiar la enfermedad subyacente de ellos dos, por si acaso tenía que buscar pruebas en el pasado.

George volvió a la silla a su lado. Luego una universitaria muy guapa habló de que en ese campo existían muy pocas oportunidades para las mujeres, pero la difunta había sido un referente para todas las demás, había conseguido que cualquier cosa pareciera posible. En todo el tiempo que habló no paró de mirar a George.

—¿A esa también le das clases? —quiso saber Lydia.

Era una pregunta neutral, se dijo George, pero su mujer siempre hacía preguntas neutrales que escondían trampas. Hizo como si no la hubiese oído.

—¿Me has oído?

—Sí —se limitó a responder.

Una vez que terminaron los discursos, Lydia se vio en la mesa de los aperitivos. Le vino el vago recuerdo de aquel otro funeral tan peculiar e incómodo de hacía unos años. El cucharón con el monograma y la ponchera de cristal tallado. ¿Qué llevaría el ponche ese? Y a todo esto, ¿quién había muerto?

Un hombre mayor que ellos se acercó a la mesa y Lydia sirvió una copa primero para él y luego otra para ella. Se dio cuenta entonces de que era el marido de la profesora fallecida. Era muy guapo, con unos ojos curiosos y llenos de vida y una cabeza sin un solo pelo, como un planeta terso y hermoso.

—Ay, le acompaño en el sentimiento —le dijo Lydia, que tenía a Anne apoyada en la cadera.

La niña le robó la atención del viudo.

—Mío —le dijo tirándole de la manga.

—¿Qué edad tiene? —le preguntó el hombre con una sonrisa.

—Casi dos, pero ni que llevara la cuenta... Tengo la sensación de cargar con un tren de mercancías.

—Ya me imagino. Mi mayor tiene ya veinticuatro.

—¿Y qué clase de tren de mercancías es?

—Bueno, de importaciones y exportaciones más que nada. Por aquí viene —dijo el viudo, que alargó la mano hacia la alumna guapa.

—Ey, soy Patricia —se presentó la chica—. He oído hablar mucho de ti. —Tenía la cara cubierta de pecas y el pelo remetido tras las orejas en dos columnas bien definidas: era incluso más guapa de cerca—. Estoy en el grupo de tu marido.

Lydia pensó en lo rara que era la forma en que Patricia había hablado de su madre en el funeral. Unas semanas después se encontró con el viudo en el supermercado y, una vez que se reconocieron, se pusieron a hablar de los climas, tanto el político como el medioambiental, y no pudo evitar mencionarle el tema. Siempre estaba diciendo justo lo que no debía, metiendo la pata justo debajo de la lengua, dejando que todo pensamiento mezquino lograra hacerse lenguaje.

—El caso es que, no sé, Patricia no paró de hablar de su madre como su mentora pero no como madre —dijo Lydia pasándose de una mano a otra una lata de tomates.

—¿Y eso qué tiene de raro? Mi mujer también fue su mentora.

—Ajá —contestó Lydia.

—¡Mentora! —chilló la niña desde el asiento del carrito del supermercado; acto seguido intentó coger unos paquetes de arroz salvaje—. ¡Mentoras!

—Me alegro de que al menos los modelos de mi hija sean altos en fibra.

—¿Lo ves? —dijo el hombre riendo—. No hay que complicar las cosas.

Eso mismo le dijo dos semanas después, cuando coincidieron en una presentación en una pequeña librería y ella intentó ahondar en los temas de la charla. Por supuesto, solo había estado oyendo a medias. Lydia era la reina del estar en las nubes.

—Ah, y el comentario ese casi al final —siguió—. La parte sobre escuchar de verdad.

—Era un aburrimiento. No hay que complicar las cosas. —Él le dio su teléfono impreso en una tarjeta de visita muy clásica—. Podríamos quedar un día para comer. Te veo siempre muy triste.

—Qué va, ¡pero si el que debería estar triste eres tú!

Antes de poder dilucidar si lo había ofendido o no con un comentario tan necio, él se rio y se alejó para ir a saludar a unos viejos amigos. Se preguntó cómo harían antes lo de saludar a los conocidos su mujer y él, cuando iban en pareja. ¿Hacía ella el *schmoozing* o lo hacía él? ¿O rompían el hielo a dúo?

—A dúo —le dijo él el día que ella acabó preguntándoselo—. A veces todavía me quedo esperando a que ella entre con la segunda línea. Qué cosas. Seguramente me siga pasando el resto de mi vida.

Quedaban para comer todos los jueves en un bar mientras la cría estaba con su grupo de juegos. Hablaban sobre todo de las noticias, de programas de televisión y, a veces, de los artículos de Lydia. Él daba clases en el departamento de Inglés.

—Ah, veo que tú también estás especializado en la extinción.

Ella tomaba espresso y él un té con cruasán, mientras un camarero muy cascarrabias intentaba siempre que pidieran una comida como Dios manda.

—¿No quieren una ensalada? No va a matarlos.

—Eso mismo dicen todos antes de ponerte delante una ensalada letal —le respondía Lydia.

A veces, después de comer, daban un paseo por el parque y seguían charlando sobre el tema que les viniese en gana. Se cruzaban con brigadas de patos y seguían hasta un estanque que había en medio de la extensión de hierba. O se paraban en los bancos que había junto al camino y se quedaban mirando la cabalgata de bicis que subía por la cuesta empinada. El profesor tenía unas manos impacientes y maravillosas, que dedicaba a la articulación de ideas difíciles. Ella tenía la esperanza de llegar a ser algún día el objeto de su entusiasmo. Una de esas tardes se lamentó del último capítulo de un libro que lo había decepcionado: «¡Qué aluvión de vituperios!». ¿De verdad hablaba así la gente? Lydia asintió, pero el consenso no era lo mismo que el afecto. Y sin embargo no podía soportar sacrificar el consenso ¡cuando era lo único que le quedaba! Ella no estaba familiarizada con el libro decepcionante en cuestión. Estaba ocupada elaborando una fantasía en la que George moría heroicamente, sin sufrir. Un cortejo funerario de patos y bicis. Tenía que cargarse a su marido antes de aspirar a fantasear en condiciones sobre cualquier otro, era lo mínimo. Pero otra vez igual, queriendo ver muerta a gente y preocupada de que fuera a ocurrir solo con pensarlo.

Si alguna vez fantaseaba con resucitar a alguien, era a la mujer del profesor, para poder sentirse celosa sin sentirse macabra. Quedarían para tomar unos pasteles como personas adultas. Ten, tómate un petisú, yo como si no estuviera.

Invierno, primavera, verano, las tres estaciones pasaron y, en sus paseos y almuerzos regulares, Lydia aprendió sobre los atributos estacionales de su nuevo amigo: la puesta y la muda de bufandas, las manos tanto enguantadas como desnudas, una fila cuarteada de nudillos que un ligero cambio de tiempo suavizaba rápidamente. Los mocasines sin calcetines y las botas con roscas de lana a rayas sobresaliendo por encima. Algo le pellizcaba el corazón cuando se imaginaba cómo habían llegado esas prendas a la antigua vida del profesor, si era su mujer quien le había aprovisionado el armario para la eventualidad de su muerte, o si sus hijos le regalaban jerséis en las fiestas. O a lo mejor él mismo daba vueltas por las galerías comerciales con su gusto impecable, repasando los cuellos Oxford y las americanas de aquí y de allá, deambulando de un pasillo a otro, a solas.

Lydia le preguntó si quería ir de compras con ella y este le dedicó su cara de profesor severo, como si ella fuera una persona extravagante, un ridículo acontecimiento sin precedentes.

—He pensado que a lo mejor querías una opinión no sesgada —repuso Lydia.

—¿Tan desastrado me ves?

—No, al contrario. De hecho, a lo mejor me puedes dar tú a mí algún consejo.

Él se echó a reír. Llevaba puesta una camisa a medida que le quedaba que ni pintada, tanto que a Lydia le daban ganas de tocarle la manga perfecta sin motivo aparente, como lo haría Anne. «Mío», pensó. Las posesiones siempre la habían puesto triste, aunque nunca había tenido muy claro por qué. Ahora lo sabía, claro: era porque se quedan aquí para siempre. Las posesiones son las cosas más solitarias del mundo, más que la gente, porque las dejamos atrás al morir. Cuando por fin todo se extinguiese, el planeta sería como una habitación vestidor, sin nadie ante quien poder presumir de tener vestidor.

Un día se encontraron el bar cerrado. Había un papel en la puerta. El camarero cascarrabias, que se llamaba Simon, se casaba con la hija del chef, Sylvia. Todo el personal del restaurante estaba en el ayuntamiento. Miraron por las ventanas en penumbra y vieron las mesas dispuestas en largas filas, con servilletas finas y unos bonitos centros de mesa.

El profesor la invitó entonces a comer a su casa.

—¿No le importará a tu esposa? —le preguntó ella.

—Ojos que no ven, corazón que no siente. Más que nada porque ya no le late.

Pasad los *scones*, nada que ver por aquí.

Lydia aceptó.

—Pero solo porque Simon no querría que nos saltáramos una comida.

Subieron por las escaleras, él abrió la puerta y ambos dejaron los zapatos en la entrada. Lydia se le unió en la cocina para ayudarle a coger *seltzers* de la nevera.

Él preparó unos sándwiches de *pumpernickel* con ensalada de patatas y pollo y comieron sentados codo con codo en el sillón, que era tan ancho como bajo. Aparte, en la mesa de centro, colocó un platito con pepinillos en vinagre, un cuenco de patatas fritas dobladas con un esfuerzo gimnástico y, de postre, un plato de cristal redondo con fresas heladas. La casa era acogedora y olía bien, con sensación de cosas pero sin sentirse recargada. Cada jarrón era un regalo de alguien especial y cada libro tenía sus esquinas dobladas. Había puesto una estantería sobre el radiador y, encima, unas viejas fotografías de sus hijos, sus amigos, gente a la que quería. Solo estar en el piso ya hizo que Lydia tuviera la sensación de tener una intrahistoria realmente fascinante.

—¿Qué es esto? —le preguntó señalando una delicada hoja verde que sobresalía del sándwich.

—Es escarola.

—Me gusta. Me gusta la escarola.

—Pues a mí me gustas tú —replicó él—. Gracias por hacerme compañía.

Qué bien la trataba. Lydia tenía la sensación de llevar cien años sin gustarle a alguien.

Él le apartó entonces el bocadillo del regazo y le puso una mano en la pierna. Ella sintió un hambre tal por él que se sintió abrumada, como cuando el bochorno recae sobre toda la ciudad.

—¿Qué? —preguntó él.

—Nada —dijo ella cogiéndole la mano.

—¿Y bien? —insistió él.

Lydia se encaramó a sus brazos y se desvistieron allí mismo. Cuando se abrazaron, ella lo sintió temblar de pies a cabeza.

Él puso los platos y las bebidas en el suelo para no volcarlos sin querer. Lydia se puso encima de él entonces y alargó la mano para bajar los feos estores, cosa que se temió que fuera presuntuosa, tanto que le parecieran feos como bajarlos ella, pues no era su casa.

La habitación se quedó a oscuras. Ella nunca lo había visto así, en penumbra. Había tanto que no sabía. Por ejemplo, ¿le habría visto un médico ese lunar o era un trozo de escarola? La siguiente parte fue tan vehemente que ambos se rieron, lo que los llevó a un enfoque más serio, algo que suele pasar con la risa cuando la gente no lleva ropa puesta. La respiración se le volvió pesada y desesperada, y una vez más rieron por el cariz tan increíblemente serio que habían tomado las cosas, lo que no hizo sino cargar de más gravedad el momento.

—¿Puedo? —preguntó.

¡Y entonces lo hizo!

Después ella se acurrucó contra él y lloró.

—¿Y esas lágrimas? —preguntó.

—No debería haberlo hecho.

—No pasa nada. No es nada malo.

—¿No es malo?

—No hay que complicar las cosas —le dijo él mientras le acariciaba el pelo de la coronilla al cuello.

—No debería haberlo hecho —dijo, y a los pocos minutos repitieron la jugada.

La repitieron varias semanas después y luego otra vez en invierno. Con el frío que hacía, ¿qué esperaban?

—Nunca más —dijo ella esa última vez.

Luego se echó a llorar porque sabía que debía ponerle fin y entonces no volvería a verlo. Era un hombre amable y bueno. Era una buena persona que iba a quedarse más sola que la una. ¿O era más bien ella la que iba a quedarse más sola que la una? Esperaba equivocarse en los cálculos y que él viviera eternamente. Siempre se le habían dado fatal los números.

Quería que toda la gente a la que quería le sobreviviera, pero al mismo tiempo no quería morir nunca.

—No sé por qué intenté hacerme amiga tuya. Qué egoísta he sido.

—Amor es cojera —dijo él—, amigos, traiciones.

Lydia lloró con más fuerza incluso, porque estaba aovillada contra un hombre que ni siquiera era capaz de citar en condiciones a Shakespeare. Cogió la ropa y se vistió todo lo rápido que pudo.

Cuando se puso los pantalones, encontró una tarjetita en un bolsillo plegada en forma de acordeón. «Por favor, reunámonos para unos refrigerios con recuerdos.»

Quizá deberíamos comprobar si el rey llegó a estar más pendiente de las idas y venidas de la reina.

Cuando el ermitaño profesional tomó el relevo, la reina empezó a visitarlo por las noches, igual que había visitado a su predecesor. El rey desterró a ese nuevo ermitaño y lo sustituyó por otro, y así sucedió con otro y otro más.

—¿Qué quieres que te diga? Tengo un tipo claro de hombre —dijo ella.

La reina no podía resistirse a cubrir después su cuerpo con la capa de ellos, al tacto del tejido tosco contra su piel a la luz de la luna. Le encantaba atravesar corriendo el bosque con tan solo el sonido de los insectos bajo sus pies.

El rey estaba agotado. Con lo que él quería a la reina… Ella también lo quería. Pero en los pueblos la gente habla, y la Corona se jugaba el tipo.

Sus consejeros le suplicaban que considerara la opción de tener él también un amante. Llevaron a distintos aldeanos a su alcoba, a cada cual más hermoso, guapo y cariñoso. Había un picapedrero que tenía un encanto particular. Pero un problema no se resuelve multiplicándolo por dos. ¡Y no quería hacer algo solo porque la reina lo hiciera! Era un rey muy punki.

En lugar de eso, acudió a la horticultora de la corte para pedirle un remedio o una poción y esta le aplicó dientes de león en lugares impúdicos.

—¿Está segura de que funcionará? —preguntó atándose los pantalones.

—¡Confíe en mí, Majestad! —le dijo la horticultora, que le metió un puñado de tréboles en cada bolsillo y le dio un pellizco en el pandero.

La siguiente parada del rey fue en la biblioteca de palacio. En otro tipo de fábula, él se habría enamorado del temperamento apacible y el pasado misterioso de la bibliotecaria. Pero cada vez que él le pedía que le recomendase un libro, ella le sugería a Chaucer. Chaucer por aquí, Chaucer por allá. Después de un tiempo se convenció de que era lo único que esa mujer había leído en su vida.

—Shht —dijo la bibliotecaria bajando la vista y palideciendo ligeramente… ¿Tenía un punto sexy o había pillado la peste?

El rey visitó por último al cascarrabias del astrónomo real en la torre septentrional.

—¡No toquéis mi cosmos! —le chilló el astrónomo, trinando, poniendo el planetario en su sitio sobre la repisa de la chimenea.

—Perdón —dijo riendo el rey, a quien le encantaba fastidiar al astrónomo tocándole el cosmos.

—Esto es la Esfera Terrestre —le explicó este con los pesados orbes tintineantes—. Y más allá, la Esfera Celestial. Y más allá, la nada.

—¿Algún consejo en la esfera marital?

—Más allá, la nada.

El rey recelaba de la astronomía aristotélica y así se lo hizo saber. Luego giró el planetario sin darse cuenta.

—Uy, vaya...

—Pues sepa que el reino que hay al sur tienen una cosa que se llama telescopio. Si yo tuviera uno, ¡a lo mejor podría formular alguna opinión sobre vuestro estúpido matrimonio! El rey se dijo que debería quemarlo en la hoguera, pero lo de quemar en la hoguera era un auténtico coñazo. Tenía la sensación de que llegaría el día en que, con un poco de perspectiva, a la gente no le haría tanta gracia lo de quemar a la gente en la hoguera.

Así que salió de la torre septentrional y atravesó varias montañas para ir en busca del ermitaño original al que había desterrado. Este se había hecho carnicero y tenía ya cuatro chiquillos y una casa que no era una ruina ni tampoco una farsa. En su delantal ponía «El mejor padre del mundo». Toda la magia que había en su vida era real.

—¿Se sabe el de Carlomagno? —le preguntaron al rey los niños, que luego salieron corriendo por ahí a jugar.

El carnicero sirvió unas copas y se contaron la vida el uno al otro.

—Tú eres el único en el mundo que me ha dado un consejo verdaderamente sabio —le confesó el rey, que se echó entonces las manos a la cabeza.

Puso al día al carnicero y le pidió consejo. Un bebé trepó por la espalda del exermitaño y este lo empaquetó en una manta como si estuviera haciendo un bocadillo y lo puso a dormir a la luz de la lumbre.

—La respuesta está clara —dijo el hombre.

Mandó al rey de vuelta a su reino con una solución y un costillar adobado con el aliño secreto de la familia.

Claro que sí: ¿por qué no preguntarle a la reina si quería ser ella la ermitaña?

Su esposa pegó un brinco y le abrazó y se mudó al bosque esa misma noche. Fueron felices. Todas las noches el rey iba a visitarla y ella se reunía con él a la luz de la luna, ambos cubiertos con la capa de lana.

Cuando Patricia le contó a George que su padre estaba liado con su mujer, se quedó a cuadros. También se cabreó un poco.

—Pero ¿por qué? —le preguntó ella mientras se remetía el pelo tras las orejas y tiraba de las sábanas para taparse el pecho—. Mira nosotros, ¿por qué ellos no?

Eso era verdad. Pero la palabra «nosotros» le dio grima. George y su mujer habían sido en otros tiempos un «nosotros» y, sin saber cómo, la palabra había cambiado de significado mientras él estaba a otras cosas. No sabía que las palabras pudieran hacer eso, cambiar sus componentes principales de la noche a la mañana. George alargó la mano por delante de Patricia para coger el móvil de la almohada. No tenía mensajes de Lydia, no había misivas de agobio, nadie enloquecido que quisiera saber si estaba vivo o muerto o en un punto intermedio. El último mensaje que habían intercambiado era de hacía unos días, una pregunta hecha desde el cuarto de al lado. Él había tecleado las letras con una mano en lugar de atravesar el espacio breve y fácil que los separaba. Al fondo de la barriga le nació una añoranza, por la época en que alguien temía perderlo. Fue así como supo que ya lo habían perdido.

Se quedó un rato con esa sensación mientras Patricia se movía desnuda por su cuarto. Amontonó unos papeles en la mesa y colocó un artículo que había mencionado George en la mesilla de noche, para que él supiera que ella también estaba leyéndolo. Le llevó un vaso de agua del lavabo y le puso el móvil a cargar. Era consciente de que él estaba sufriendo de desamor y por eso se dedicó a poblar la habitación con sus sentimientos, con la esperanza de que él se los apropiara. Quizá por la mañana se diera cuenta. Después se puso la camiseta de él y se acostó.

Al final George reunió el valor para hablar del tema con su mujer. Como sabía que Lydia no podía resistirse a una competición, sugirió que esa podía ser la mejor manera de abordar la separación.

—No lo entiendo. ¿Qué clase de concurso es un divorcio? —le preguntó Lydia, que tenía a Anne sentada encima de ella en el suelo.

—Un concurso de adultos.

—Ah, ¿así llamas tú a dejar a tu familia?

—A lo mejor pierdo. A lo mejor vuelvo.

—Pues a lo mejor nosotras no estaremos y tú acabarás tragando sapos.

—Mira, tú ya sabes que hace años que no quedan sapos —repuso él—. Y además eso contaría como perder.

—¿Y qué pasa con Anne?

—La veré continuamente. —George cogió a su hija del suelo y le dio vueltas por el aire hasta que la cría pegó un chillido.

—Papi el Guay —dijo Lydia sin reír: ¿cuál era la gracia del chiste?, ¿que no la había dejado caer?

—Mami la Guay—dijo él dejando a la niña en los brazos de Lydia.

—¿Ya estás anotando los puntos?

—Solo ha sido una demo.

La separación fue un largo concurso sin reglas y sin marcador. Duró gran parte de la primera infancia de Anne. Sus padres a veces lo llamaban el relevo, cuando la dejaban o la recogían.

Otras veces lo llamaban la competición, el primer partido de la temporada, el esprint. A la niña le gustaban los juegos. En especial ese en el que das vueltas en círculo hasta que todo el mundo se cae. Le gustaban el castor y el gato (ya no había ratones). No le gustaba ganar, le gustaba jugar.

—Mami, me gusta cuando está todo el mundo en el suelo riendo —dijo.

Era la fiesta por su quinto cumpleaños y estaban todos en el suelo riendo, incluso la abuela Rose, que tenía las rodillas embarradas. La mujer sentó a la nieta encima y se quedaron así todos un rato, hablando y jugando sin más. La abuela le pidió a Anne que cantara la canción esa de las palabras inventadas («¡Pero si todas las canciones tienen palabras inventadas, abu Rose!») y que le acercara la concha de plástico con las magdalenitas de la mesa de picnic. Anne tenía la suerte de tener dos fiestas de cumpleaños al año, y le gustaban las dos por igual. Eso le contaba a la gente y lo decía tan a menudo que acabó volviéndose verdad. En esa época no pasaba mucho tiempo pensando en los distintos grados de amor. El amor, tal y como ella lo conocía, siempre llegaba en cantidades iguales.

Cuando cumplió los seis, su padre pasó por una breve enfermedad. En teoría la niña no debía contárselo a su madre, pero esta se enteró igualmente. Se le daba bien lo de enterarse de cosas. Lydia fue en coche al piso de George y le dejó en la puerta una caja con chismes varios y unas extrañas pegatinas para el coche. Anne le preguntó si podía jugar con el viejo imán que había en la caja, con la taza que era para enamorados, pero su padre le dijo que no. Su madre le explicó que antes no era tan estricto pero que, por muchas razones, ahora sí era muy estricto y severo y eso también estaba bien, era otro tipo de amor. Siempre estaba preocupado por que Anne se asomara más de la cuenta por las ventanas, incluso por las que tenían rejas. Cuando cumplió los siete, siguió obligándola a cogerlo de la mano para cruzar la calle. Incluso Patricia la dejaba cruzar sola, delante de un adulto, siempre y cuando mirara a ambos lados.

Mientras estuvo enfermo, Lydia le llevaba la cena las veces que George le dejaba. Le sentó muy mal que él no se lo hubiera dicho antes, pero eso fue cuando creía que la cosa era más seria de lo que era.

—Mi plaza en la universidad es permanente. Mi enfermedad no —dijo.

—Qué tonto eres —dijo ella llorando—. ¿Dónde está Patricia?

—Lo he dejado con ella. Hace ahora un mes.

—Es que... ¡de verdad! Hay que ser tonto. ¡No tenía ni idea de que había procreado con alguien tan lerdo!

—No tuve alternativa.

—Tendrías que haberte casado con esa chiquilla. Tenía un pelo estupendo.

—Uno no puede casarse si no se divorcia antes —dijo tosiendo, y luego atravesó la habitación para echarse algo de beber.

Lydia no respondió a eso. Era verdad, nunca habían llegado a presentar los papeles. Salía realmente caro declarar extinto un matrimonio. Cuando una especie animal se extingue, el papeleo es gratis.

—¿Por qué no me lo pediste? Lo habría hecho.

Estaba intentando ser considerada, pero sus palabras lo hirieron igualmente. Se le veía tan delgado en su Edad Media. Repasó con la vista el piso y no reconoció la marca de friegaplatos que utilizaba, ni esa hogaza blanduncha con frutos secos que compraba. Las decisiones diarias que antes tomaban juntos se habían diversificado. George llevaba puesto un jersey que no le recordaba, una cosa gris con botones y un bolsillito. Odiaba ese jersey. No. Tenía celos de ese jersey.

75

—Quizá sea mejor que no nos veamos más así —dijo George puliendo la mesa de madera con la yema del pulgar.

—Ah.

—Bueno, es que no creo que como-se-llame esté muy contento de que te pases por aquí cada dos por tres.

—No hay ningún como-se-llame.

—¿Y el de la revista? —indagó George.

—Cariño, hace años que no existen las revistas.

Ambos se rieron, pero fue la última vez que ella fue a cenar a casa de él.

Antes de que la publicación echara el cierre, Lydia había escrito un artículo sobre la extinción de la extinción. Eso había sido la puntilla, le dijo su editora.

En esos momentos estaba trabajando en un libro sobre ciertas especies de flora y fauna que han sobrevivido a pesar de circunstancias inhóspitas. El libro se llamaba *En ruinas* y llevaba en cubierta una pintura fotorrealista de un edificio desmoronándose. Está ya descatalogado, pero todavía puede encontrarse si uno sabe dónde buscar.

La reina vivió feliz muchos años como ermitaño. El rey siguió visitándola todas las noches y se tomaban el uno al otro en todas las posturas, algunas malas, otras buenas, en medio del bosque, bajo las estrellas..., y después siempre acababan hechos un ovillo encima de su lecho. En ocasiones se quedaban despiertos como criaturillas nocturnas, hablando para espantar la oscuridad, y luego bayas para desayunar y un poco más de copulación aeróbica bajo el firmamento del amanecer, en esa breve hora en la que el sol y la luna comparten cielo.

Un día él no apareció. Ella lo esperó, pero no tardó en llegar la mañana, la tarde, de nuevo la noche, la luz cambiando con su desvelo. Ni una palabra del rey. Colgó el cartel de CE-RRADO en el capricho, atravesó el bosque, cruzó el puente levadizo y regresó al castillo, donde ya se habían iniciado los preparativos para el entierro y el funeral.

Habían montado una capilla ardiente en la sala del trono y lo habían vestido con el jubón ese horrible que le apretaba por el cuello. El rey parecía mucho mayor que el día anterior. ¿Qué edad se tiene cuando se está muerto? La reina le tocó la mano. Ella no lo sabía.

—Sigo siendo vuestra reina —le dijo a su séquito, afectando una altanería que llevaba años sin utilizar.

—No teníamos muy claro que siguiera siéndolo —le contestaron.

—Normal.

La bibliotecaria de palacio la abordó en el gran salón.

—Creo que esto puede ayudaros mucho —le dijo tendiéndole un ejemplar de *Los cuentos de Canterbury*.

La reina fue a su antigua torre, donde habían cubierto de sábanas todos los muebles, y se echó en el diván rosa que le había regalado un duque maleducado. Todas las noches pedía que le subieran la comida y, para cuando le traían la bandeja, ya había perdido el apetito. Espulgó el armario, tiró viejos *tochtchkes*, repasó con el dedo los dibujos de los tapices de su ajuar. Constelaciones, galaxias predichas por los astrónomos reales y más tarde bordadas primorosamente y conservadas en el sagrario del castillo. La Tierra, ¡el centro del universo! Menudo alivio.

El rey besó a la reina en el hombro desnudo y ella siguió sintiendo los labios de él allí parados incluso una vez que abrió los ojos. Lo echaba tanto de menos que a veces, en esos momentos antes de despertar, seguía vivo.

«Basta», se dijo.

Y con esas robó un par de tapices y se volvió a su casa. De vuelta a su capricho, a su coro de insectos, a sus nubes que solo podían entreverse entre los gaznates de los árboles. El olor a pino y a mantillo la inundaba de un confort infinito. Incluso los arbustos de bayas ya podridas olían bien. Se ató la capa al cuello y dejó que le cayera por el cuerpo, aunque uno de los pliegues se le quedó arrugado. La reina cogió entonces la tela entre las manos y la sacudió, volvió luego a sacudir y sacudió una vez más. La capa se infló y se infló por las costuras hasta que de la prenda apareció una joven. Había estado allí escondida, como un crío tras una cortina.

—¿Eres una cría? —le preguntó la reina.

—Soy tu cría —respondió la joven.

—Qué extraño —contestó la reina—. ¿Cuánto tiempo llevas ahí?

—Pues... una cantidad de tiempo normal —respondió la hija, que tenía probablemente la misma edad que la reina cuando se casó con el rey.

—¿Te gustaría contarme qué me he perdido? —le preguntó la reina.

Aunque ya no era tal cosa. Volvía a ser la ermitaña y, aparte (aunque no fuera capaz de decirlo), ahora era también madre.

Escuchó el relato de la muchacha, que no era en realidad más que una sucesión de presentaciones. Se fue también por unas ramas muy largas y le habló de sus amigas, sus amantes y algo llamado prácticas laborales. El cielo se oscureció y los animales nocturnos salieron de sus escondrijos, con sus roznidos y sus aullidos por el bosque. Qué curioso se sentía el mundo por la noche, encajado entre lo que había ocurrido y que ocurriría a continuación. La muchacha la informó de una serie de planes que a cualquiera le habrían parecido una vida bastante buena. Pero si llegó a vivirlos o se quedó solo con la descripción, nadie sabría decir a ciencia cierta.

Cuando Anne cumplió los siete, aprendió a montar en bici. Cuando cumplió los ocho, el catedrático de inglés murió en pleno sueño. Su madre estaba sentada a la barra de la cocina llorando al teléfono. Había sido un trombo, inesperado. Anne sabía lo que era un «trombón de varas» porque le había salido en un libro, uno de los grandes que ya leía ella sola, pero la imagen no cuadraba muy bien con el contexto. Se imaginó un trombón tocando en las orejas dormidas del profesor y soplándole un «adiós».

—Es una cosa muy distinta —le dijo su madre—. A veces las palabras pueden ser así de engañosas.

En el funeral Lydia fue a saludar a Patricia, que se había casado con un deportista de mucho éxito. Anne se arrojó a sus brazos.

—Gracias por venir —dijo la alumna guapa.

Ya no era alumna de nadie. Seguía teniendo pecas y ahora también patas de gallo poco marcadas. Era hermosa. La de años que Lydia se había pasado preguntándose cosas sobre ella: ¿qué pintalabios era ese malva que se ponía? ¿Cómo hacía para oler siempre como si acabara de volver de nadar? En lo único en lo que podía pensar ahora era en que Patricia se había quedado sin padres.

—Si te soy sincera, no sabía si te iba a hacer gracia que vinieras —admitió Lydia.

—Pues claro que sí —contestó Patricia, que le puso una mano en el hombro—. Eres como de la familia. Perdona —dijo, y fue a atender a sus otros invitados.

Mientras atravesaba la habitación, Lydia vio a George pegado a una pared, esperando para acercarse a saludar. Estaba tendiéndole un plato de bufé compartido. Un bagel, ensalada, un montón de fruta. Recordó la vez que, en la boda de ambos, él le había llevado un platito lleno de limas con dos cucharas. Habían estado tan ocupados bailando que se les había olvidado comérselas.

—Pero, papá, el melón no es lo que más me gusta —dijo Anne cogiendo una tajada del plato, y ambos sonrieron.

Después de eso empezaron a dar largos paseos en coche juntos. A veces tenían un destino en mente; un museo o un parque que a Anne le gustaba especialmente. Lydia la empujaba en los columpios y George la cogía a los pies del tobogán, o la animaba a tirarse de él, o la levantaba en volandas a mitad del tobogán cuando la niña no quería resbalar hasta el final. A veces el paseo era la razón de ser, y se perdían por algún pueblo del estado vecino. Daban una caminata por el campo y llegaban a algún mirador con vistas, por donde se elevaba un suave olor a fogata que llegó hasta la cara de Anne. Era su primera vez en un bosque.

Una calurosa jornada de otoño vieron una bonita casita al otro lado del arcén.

—Mirad —dijo Lydia.

—¡Un castillo! —gritó Anne.

—Una casa —dijo George, que se desvió por la siguiente salida.

Luego siguieron dos o tres kilómetros hasta que acabaron ante un largo camino serpenteante que llegaba a la casa. Era una de esas entradas adoquinadas que podían haber sido un foso en otra época. Pero la casa era normal y corriente. De dos alturas, con bonitas jardineras en las ventanas y un césped verde y frondoso. Al final del estrafalario camino colgaba el cartel de una inmobiliaria: SE VENDE.

—¿Dónde estamos? —preguntó Lydia mirando alrededor.

—¡Ha llegado usted a su destino! —dijo Anne.

Lydia le apretó las manos a su hija desde el asiento delantero.

—Pero ¿cuándo estamos?

—A las cuatro y media.

—¡Qué tarde! —dijo Lydia—. Son casi las cinco.

—Eso no son más que dos maneras de decir lo mismo —dijo George.

Los tres se desabrocharon el cinturón y bajaron del coche. Las azaleas seguían en plena floración a pesar de que el otoño estaba ya bien entrado. La puerta de entrada no estaba cerrada con llave. ¿No habían hecho eso antes?

—Hola —dijo Lydia al aire antes de entrar.

Al ver que nadie respondía, se pusieron a pasear por las habitaciones vacías. Una pared parecía perfecta para colgar fotos de la familia, pensó Lydia. Se imaginaba una cómoda aquí, una mesa auxiliar allá. Chenilla y lino, como salido de un catálogo.

—Mirad esto —dijo George, que curiosamente supo dónde encontrar la entrada lateral y la abrió para revelar ante ellos los árboles, los jardines, una exploración infinita—. Creo que está justo en el límite de la reserva natural —añadió consultado el móvil—. Llevaría un año recorrer todos los senderos.

Anne pasó corriendo por debajo de su brazo y se internó en el jardín, donde le llamó la atención una edificación en ruinas. Se cayó y se desolló la rodilla en la hierba pero echó a correr de nuevo y siguió hasta que llegó a la sombra en forma de cúpula de la guarida de la princesa. Todo parecía salido de un cuento de hadas. Puso su muñeca nueva con el cordón trenzado encima de una roca alta y llamó a sus padres.

—¿Qué es eso? ¿No se caerá? —preguntó Lydia señalando a su hija.

—Es un capricho —dijo George.

—¿Para qué sirve?

—Es decorativo. No tiene propósito en esta vida.

—Ah, otra extinción que sumar a mi lista.

—Si nunca tuvo una razón de ser, ¿puede llegar a extinguirse? —cuestionó George.

—Así es justo cómo va a llamarse mi próximo libro —contestó ella entre risas.

Quiso alisarle la manga de la chaqueta, pero no estaba segura de que fuera buena idea. No hay que complicar las cosas, pensó, y finalmente alargó la mano.

—¡Una carrera hasta mí! —gritó a lo lejos Anne.

La pareja intercambió una mirada.

—¿Vamos? —preguntó George.

—Estás cavando tu propia tumba, tú verás —dijo Lydia, que no podía resistirse a una competición.

Anne sería la árbitra y decidiría quién ganaba. Lydia se ató más fuerte los cordones y George estiró las piernas. Luego echaron a correr lo más rápido que pudieron, sin parar.

Anne vio cómo sus padres corrían como locos hacia ella. Tenían una pinta absurda pero también fantástica. No fue hasta más tarde, después de comprar la casa y mudarse allí, mucho después, cuando comprendió las limitaciones de sus padres. Murieron, claro está, pero el orden de las cosas no importa. Ese es uno de los últimos días buenos que Anne recuerda y, si, a la postre, la memoria es lo único que nos queda, bien podría haber pasado al final del todo.

FORTALEZA

—

Stephanie no recuerda la primera vez que creó espacio. Era un bebé en la cuna, hipnotizada por un móvil con estrellitas y lunas de fieltro. Una noche, sin explicación alguna, el techo subió un palmo y el móvil se desprendió del gancho y acabó encima de la criatura como una grúa mecánica en torno a un juguete. Por suerte nadie resultó herido. Sus padres se echaron la culpa el uno al otro y no se percataron de la nueva extensión de aire que se elevaba sobre sus cabezas, ni la cuestionaron. Instalaron el móvil otra vez («¿La otra vez hizo falta escalera?»), luego lo embutieron en un cajón («¿Por qué lo colgaríamos tan alto?»), por último lo vendieron en un mercadillo. No tuvo que pasar mucho tiempo para que Stephanie estuviera dando sus primeros pasos, consciente de que podía moldear una habitación para que encajara con sus deseos. Ven, había estado diciendo antes de saber hablar. Ven a cogerme. Haré más grande mi cuarto para que me veas bien.

Aunque, en fin... la mayoría de los principios: apócrifos. Casi siempre inadvertidos. ¿Quién es capaz de recordar con siquiera un asomo de precisión la deriva inicial de la vida hacia su forma definitiva? Antes del incidente de la cuna. Mucho antes, en la barriga de su madre. Nada horrible, tan solo una emanación de espacio escondido en un patrón ya en expansión. Dando vueltas en el útero con centímetros de sobra.

La canguro veía cómo Stephanie desaparecía tras el sofá. Un juego parecido al escondite, pero que duraba demasiado. Miraba bajo los cojines y no había nada, solo monedas sepultadas en nubes de pelusa. Luego el pánico, la búsqueda por cada centímetro de la vivienda. El armario, el desván, el jardín trasero. El bosque al final de la manzana. La canguro miraba hacia los árboles, con el teléfono en la mano, intentando decidir si era una urgencia o no. Cuesta saberlo hasta que vives una.

Stephanie, bajo los tablones del suelo, un nuevo lugar secreto. Fresco, tranquilo, seguro. Cuando se cansó, levantó los tablones, salió rodando de debajo del sofá y le agarró la mano a la canguro.

—Llévame a la cama —le pidió.

La adolescente se echó a llorar y la abrazó.

—Ay, gracias, Dios mío, gracias. Habría sido mujer muerta.

—Cuéntame un cuento —dijo Stephanie—. Podemos hacer de muertas juntas.

La canguro le leyó el libro que más le gustaba, uno de ir a un médico bueno. Una cita en la que al paciente le dan malas noticias. ¿Era el mismo libro que la otra vez?

«No te quiero asustar», decía el buen médico.

Luego jugaron a las construcciones con bloques que siempre parecían ligeramente más grandes de lo que recordaba la canguro.

La hermanita de Stephanie, un hatillo en el reverso del codo de mamá. La casa, por primera vez más pequeña. Íntima, agradable y con aroma a gofres. Su padre le pegó en el techo del cuarto estrellitas que se iluminaban en la oscuridad, y ella por las noches era capaz de repartirlas por la habitación en constelaciones. Su hermanita se reía. El gato aovillado en un alféizar con la cola retozando a medio gas. Su hueco en el sol, mucho más amplio tras pasar un tiempo en la mente de Stephanie.

Los areneros podían ensancharse. Los parques de bolas, volverse más hondos. La casa del perro del vecino, hacerse más alta. La rayuela eterna, un despliegue infinito de cuadrados, saltando sobre pies doloridos hasta que no había más sitio donde ir salvo de vuelta al principio. Stephanie pensaba en las cosas heredadas, en cómo iba creciendo su hermana día a día. Una pierna, un brazo, que ahora encajaba en una manga de franela, un pantalón de pana, en un lugar donde antes había estado Stephanie. En ese sentido tenían la misma magia. Creciendo para encontrarse ambas en algún sitio bonito.

En el parque, a su hermanita siempre le gustaba correr hasta el borde del césped, donde la calle se incorporaba al tráfico. Su madre iba todo el día con gafas de sol. Se las ponía allí en el banco del parque mientras bebía de un vaso opaco.

—¿Por qué las llevas en casa y en la calle? —le preguntó Stephanie tirándole de la pierna a su madre.

—Me las ha mandado el médico.

—¿Para qué?

—Para la depresión. Anda, vete a jugar.

Cuando su hermanita corría hasta el borde del césped, Stephanie agrandaba el parque unos centímetros a cada vez. Sabía que no estaba bien, pero se le escapaban las razones. Le costaba entender las normas de los adultos. Al final, el servicio municipal de parques tuvo que investigar esa infracción del uso del suelo y mandó primero a un grupo de paisajistas y luego a otro de científicos de la escuela profesional del pueblo para evaluar la situación del área recreativa Los Sicomoros y el peligroso cruce adyacente. Pero eso fue mucho tiempo después. Para entonces a Stephanie ya se le había quedado pequeño el parque y había aprendido a dejar los sitios como se los encontraba.

Una tarde su hermanita corrió demasiado rápido hacia la calle y a ella no le dio tiempo a alargar el césped lo suficiente. Un porrazo terrible, un sonido imposible de digerir. Seguido del olor a goma quemada.

El parque tenía un castillo, un tobogán, un balancín y un despliegue de dientes de león que se fundían con el bordillo. Era un parque muy chulo, pero estuvo cerrado un año entero.

En el funeral, Stephanie concentró sus energías en expandir el tamaño de la sepultura. Se imaginó el pequeño ataúd metiéndose cada vez más y más hondo en la tierra, viajando hasta el otro lado, donde su hermana emergería de la tierra y viviría el resto de su vida muy lejos de allí. Ambas podrían seguir viviendo siempre y cuando estuvieran en extremos opuestos del planeta, decidió Stephanie, como una especie de gravedad que mantiene el amor en órbita.

Sus padres descubrieron una manera para crear distancia ellos solitos. De una clase muy distinta. No como los espacios encantados de Stephanie. Cada persona aislada en una parte de la casa. Varada, como Robinson Crusoe. Stephanie se imaginaba en una isla en medio del Egeo. Un lugar de un mapa con lindes, fronteras y orillas. Longitud. Latitud. Fácil de encontrar, un dedo sobre el globo terráqueo, aquí estás. A Stephanie le preocupaba ser siempre difícil de encontrar. Siempre cambiando los letreros de las calles, siempre perdida. Un dedo en el globo, ¿dónde estás ahora? Terminó los viejos libros de pintar de su hermana. Una vez que hubo coloreado por dentro de las líneas, pintó también por fuera.

Ven, estaba diciendo en sueños. Ven aquí a por mí. Eso fue la noche que agrandó medio kilómetro cuadrado la casa.

Al principio, su madre solo reparó en el papel pintado, dividido en partes que no cuadraban por donde antes el dibujo se ensamblaba en rayas rectas.

—Oye, mira eso —dijo apartándose del televisor por primera vez en días, mientras iba tocando las puertas y saltaban las bisagras.

Era justo el mismo sonido que hacía su mejor amiga de la primaria cuando se crujía los nudillos antes de lanzar una bola; sonaba igualito, aunque mejor. Alguien había ajustado el volumen, sintonizado el recuerdo en sus coordenadas ideales.

—Mira —dijo una vez más y las molduras se desalinearon.

Pero el padre de Stephanie no la escuchaba: estaba abajo en su leonera, viendo cómo la habitación se ensanchaba en torno al sofá cama y se convertía en una habitación muy distinta, que aun así seguía resultándole familiar.

Luego el parqué, combado y ondulándose, curvándose por la fuerza. Sus padres deambularon por la casa asombrados, un milagro que se disolvía en algo delirante, los pies llegaban al final del pasillo tan solo para que se estirara y se alejara. Reconocían cada esquina, pero el reconocimiento se mezclaba con terror. La sensación de recordar algo que había sido olvidado adrede. La sensación de olvidar algo que todavía no ha pasado.

—¿Dónde estás? —preguntó el padre de Stephanie.

¿Dónde estaba él? Iba dando tumbos en círculos, luego, al rato, gritó…, pero aún no. Era como si supiera que iba a gritar dentro de nada y tuviera la sensación de que podía esperar. Cuando miraba las ventanas, veía lo que iba a pasar a continuación, auque no tuviera claro por qué. La madre, levantando la pierna para el primer escalón, viendo cómo desaparecía el suelo bajo su talón, tropezándose con una alfombra que era del cuarto de la pequeña, guardada en un altillo. Pero no, estaba allí. ¿Cómo? No lo soportaba, ese dibujo de margaritas tejido por los bordes.

—¿Cariño? —preguntó, pero no hubo respuesta.

No tenía claro si cariño era Stephanie, su marido o una versión enterrada de sí misma.

Los gritos se desataron por fin cuando las ventanas se removieron en sus marcos. Estallando como finas láminas de guirlache en una sartén. Su padre imaginó que la casa no se quedaría quieta hasta que se cayera a pedazos. Se vio a sí mismo, momentos después, ayudando a que eso ocurriera. Y así pues, lo hizo. Cogió una silla —el objeto más cercano— y la estrelló contra una pared, con la esperanza de deshacer el hechizo a fuerza de temblores.

Ya despierta, con sudores fríos, Stephanie se agarró al filo de la cama, el fino colchón amasado entre sus puños. La casa paró de expandirse y los padres se vieron en la cocina, agarrados el uno al otro. Silencio absoluto. Era la primera vez que se tocaban en meses. Todos los cajones se habían pujado y se habían salido de sus huecos. Los imanes de la nevera, desperdigados por las baldosas. Su madre vomitó en el suelo, justo donde el gato solía escupir bolas de pelusa. ¿Dónde estaría el animal?

Lo primero que hace la mente es vincular un hechizo con un fantasma, de modo que pensaron que era cosa de la hija que había muerto. Tenía que ser ella, su pequeña que volvía, la casa que se expandía para darle la bienvenida. Pero entonces se acordaron: no creían en fantasmas. Se acordaron de otras cosas también. Indicios, pistas de algo que no habían sido capaces de explicar y por lo tanto ni siquiera se habían molestado en hacerlo. La mente corrige las inconsistencias para que pueda seguir la vida.

¿El móvil de las estrellas y las lunas?, susurraron. ¿El techo demasiado alto? El pedacito extra de mundo suspendido alrededor de nuestra niña, pensaron. Nunca lo dijeron en voz alta, ni tampoco con tantas palabras, pero supieron que había sido Stephanie. Abrieron la puerta y miraron en el cuarto, con la mandíbula apretada. La niña había vuelto a quedarse dormida.

La mantuvieron a un palmo de distancia, a un giro de cabeza, durante años, siempre a la vista pero a la distancia justa para no poder tocarla. Le tenían miedo, pero también sentían vergüenza. El miedo se había trasladado al espacio entre quienes eran realmente y quienes se habían imaginado ser. Hasta ese momento no se habían fijado en que hubiese hueco alguno entre esas dos cosas.

—No tendría que haber tomado la medicación esa estando embarazada de ella —había oído decir a su madre en cierta ocasión, con la oreja pegada a una puerta cerrada.

—No digas tonterías —replicó su padre—. Eso no lo puede causar ninguna medicación.

—La tarde aquella —dijo su madre—. ¿Crees que fue ella la que ensanchó la calle? ¿A posta? Cuando el accidente.

—No lo sé.

—¿El qué, si fue un accidente?

—No lo sé.

La casa permaneció grande varios días pero luego, con una vibración grave y quejumbrosa, fue retractándose gradualmente. Asentándose. Una casa se va asentando sola al entorno. Algunos vecinos preocupados presentaron una queja por uso indebido del espacio en la vivienda, que el comité no tardó en desestimar. El Ayuntamiento los dejó en paz. ¿No han tenido ya suficiente esa pobre gente? Dejad que se asiente la polvareda.

Habían perdido a sus dos hijas, comprendió Stephanie ya de mayor. Pero esa compasión por ellos no la sentía en la infancia. De pequeña se vio varada en una galaxia sin límites, como la valiente exploradora que alcanza el fin del universo y comprende que el universo no tiene fin.

En secundaria, los bailes, las varitas luminosas, el DJ petando los graves. Brillo de labios sabor chicle. Un chico mono con una mata de pelo por la frente, vaqueros anchos, repegándosele por detrás. Stephanie sintió un acaloramiento por toda la piel y acto seguido el comedor de la escuela se expandió a su alrededor. El chico estaba de repente a metro y medio, bailando con otra chica, el pelo cayéndole por delante de los ojos, dejando en paz a Stephanie, que se había quedado sola en medio de la pista. Un espacio ligeramente más grande que antes. Lucecitas como pequeñas joyas parpadeándole por las mejillas, por las trenzas, las zapatillas de deporte. Y Stephanie que echa a correr fuera. El comedor, de vuelta a sus dimensiones de siempre.

Volviendo a casa desde el baile, por el jardín trasero de los Madison, tan inmóvil y silencioso. Se sentía poderosa y segura, y también la persona más sola del mundo.

Un momento de confusión cruzando por la cara del chico mono. ¿Era con esta chica con la que estaba bailando? Y entonces otra canción.

En el instituto, la chica alta y triste. Más y más alta... y demacrada. De pie contra la pared de ladrillo con unos vaqueros rotos y una camisa extragrande. Esa era la foto del anuario, al menos. Tinta en el puño. Leyendo libros gordos de ensayo, teoría, poesía. Algunos los entendía pero no todos, cargando con los gruesos tomos en rústica en su bandolera o bajo el brazo. Pensaba que si los llevaba con ella, pasarían la barrera de bandolera a cerebro, que algún día impartirían su sabiduría a modo de agradecimiento. Pero siguieron siendo crípticos y grandes, cerniéndose sobre su mente con todo su misterio. Los de bolsillo en el estante de arriba. Historias de amor, novelas de campus, de viajes por carretera, comedias de oficina, cuentos de terror. Y nada, nadie había escrito sobre Stephanie. Ni siquiera las partes que le hacían devanarse la cabeza trataban sobre su cabeza, no le prestaban ninguna atención. Se daba cuenta. ¿Dónde estaba la frase que le decía lo que debía hacer? Stephanie podía hacerse más grandes los pulmones, pero ¿cómo utilizarlos? Fumaba tabaco barato cerca de las pistas de tenis. Tan chula ella. Inabordable. Sola. Sin testigos, en las canchas de baloncesto: subiendo un aro, estirando el radio, la red trenzada balanceándose en su anchura recién adquirida.

—Va por ahí como si fuera una fortaleza —dijo alguien en las taquillas.

—¿Cómo camina una fortaleza? —preguntó una profesora riendo.

Incluso el claustro participaba en los chistes.

—No sé. Como ella. Como Stephanie.

A veces se preguntaba si sus sueños serían del tamaño de los de la otra gente. Cuando dormía, su mente se parecía al interior de un cuerno, o al viento atrapado en una turbina en lo alto de un monte. Atronando, zumbando, abriéndose. Stephanie practicaba todas las noches, domaba su deseo. Podía invocar pequeños cuartos dentro de su cuerpo, donde no los había, cavernas profundas susceptibles de ser rellenadas, para luego retraerlas cuando ya las había atravesado. Ven a buscarme aquí.

Pasó un rato bajo las gradas con un chico de la clase de álgebra. También en el asiento trasero del coche de él.

—Oye, sube un poco el asiento —le dijo él.

Y ella movió el asiento pero no con las manos. El chico no se dio cuenta. Podría haber estirado el sedán hasta el tamaño de una limusina si hubiera querido. No..., él jamás aparcaría en paralelo. Solo un par de centímetros para las rodillas, enrolladas alrededor del chico de algebra.

—Me cabe más de ti —dijo con la pose de alguien mayor.

El chico se sonrojó... ¿La gente decía esas cosas?

Stephanie se lo había oído susurrar a una mujer en una película cutre, y se había reído, sola en su casa, histérica de alivio. Por fin se identificaba con alguien. Aunque por las razones más equivocadas y disparatadas.

Una vez más, bajo las gradas con el chico de álgebra; luego de nuevo en el coche. A veces él tenía una pequeña hendidura en la mejilla derecha. Siempre parecía sorprendido, con ella, consigo mismo. Con su primer orgasmo, a ella le dio miedo haber creado un anexo nuevo en la cochera de él. Y luego: el club de natación en plena noche, el cloro escociéndole en los ojos. El centro de recreo Los Sicomoros, idea de él, no de ella. Stephanie casi no se acordó, pero luego sí, claro.

Por último, en el futón de él, en el sótano, los pilares de la casa temblando por los bordes, sacudiéndolos a todos con ellos.

—Uau —dijo él incorporándose a la vertical—. ¿Lo has sentido?

—Sí, ¡y diría que has sido tú el que lo ha hecho! —dijo Stephanie sonriendo de nuevo contra la cara de él, cálida y amable, atrayéndole hacia sí.

Él respiró con fuerza, asimilándolo todo. El chico de álgebra encima de ella, apretándola contra su pecho, el deseo despertándole por dentro sin tener adónde ir. Cómo será eso, pensó Stephanie con la piel adhiriéndose a la de él. No tener sitio donde poner el anhelo, salvo ponerlo en otra persona.

De vuelta a casa por el jardín de los Madison, vaqueros con rotos y todavía húmeda entre las piernas. Qué más puedo agrandar. Intentaba expandir su mente, pero nunca parecía funcionar. Cómo empezar siquiera. Las estrellas brillan más en los residenciales de las afueras: era algo que decía la gente, pero Stephanie nunca había ido a otros barrios. Se fijó en los tocones que había en la linde del césped de los Madison, en cómo adaptaban su diámetro, añadían aros a sus anillos concéntricos, hacían sus vidas más largas a posteriori.

Una adolescente, una elevación de columna repentina, la cabeza alta, fingiendo no querer nada. Fortaleza.

¿Está ensanchándose la pizarra o es la letra del señor Dougherty, que está encogiendo? Las chicas soltaban risitas y Stephanie se encogía de hombros.

—O puede que nosotras nos estemos haciendo más grandes —dijo—. Regordetas. Gordas.

Las chicas: aterradas.

—¡Puaj! —hacían con un gesto de falsa arcada.

Se encogían en sus sitios, antes muertas que ocupar espacio, espacios grandes o de cualquier otro tipo.

Stephanie se maravillaba. Eran tan pequeñas. Si cerraba un ojo, casi desaparecían. Sabía ser cruel cuando quería, pero la mayor parte del tiempo no abría el pico. Todas las semanas atravesaba el hexágono perfecto que había de la taquilla a la clase al comedor y a su casa con el menor número de tangentes posibles, el menor área de superficie necesaria para superar el día.

Stephanie dejó de buscar al chico de álgebra por las mesas de picnic de fuera. Lo vio con otra chica, de la misma asignatura. El aula de álgebra era bastante grande. La chica le susurró algo al oído y él la miró con el ceño fruncido, aunque con una sonrisa en el otro extremo de la expresión. Ella bebió de la botella de agua, con el forro de los bolsillos sobresaliéndole por debajo de los shorts. Se sentó en la mesa y echó la cabeza hacia atrás, sin decir nada, sonriéndole al sol. El chico de álgebra se apoyó en las rodillas de ella.

«Están actuando, pero ¿para quién?», se preguntó Stephanie. «¿Para sí mismos?» Los observó con detenimiento y luego fue a álgebra sin el chico.

Él intentaba cruzar la mirada con ella en clase, hablarle al salir.

—Buenas. ¡Buenas!

Ella no se volvía para mirarlo. Él era un sitio familiar, un enclave local. ¡Te veo en el chico de álgebra! Stephanie podía crear lugares que no habían existido antes... ¿Para qué molestarse en visitar el mismo sitio como hacía todo el mundo?

Él la perseguía corriendo cuando ella iba camino de su casa, y su deseo de estar sola se expandía. La soledad era el único espacio que merecía la pena tener. Atravesó la calle. Alargó la acera, pero solo un poco. Las chicas de su edad siempre andaban corriendo detrás de algo, ¿no? El asfalto se ondulaba a su paso, como cemento sobre las raíces de un árbol que se ha portado mal. El chico podía estar siguiéndola toda la vida que jamás la alcanzaría.

No estuvo toda la vida siguiéndola. Se quedaba viéndola avanzar, con las manos en las rodillas, sin aire, meneando la cabeza. Se casó con la hija de los Madison y la joven pareja se fue a vivir con los padres para ahorrar. ¡Ni me preguntéis!, decía cuando los amigos le hacían bromas sobre aquel arreglo. Aunque en realidad a él le encantaban los Madison, Doug y Lolly, que todas las noches jugaban a juegos de mesa en el salón. Los padres de él, en cambio, nunca habían querido juntarse en el salón, lo tenían de almacén, lleno de cartones de sopa apilados del Cost Cutter del pueblo.

Al final el chico de álgebra les compró la casa a los suegros y construyó una cerca para que los críos del barrio dejaran de utilizar su jardín a modo de atajo. Ella trabajaba en el sector inmobiliario y él hizo contactos entre los políticos locales. Ella sería la que pondría a la venta y vendería la casa de los padres de Stephanie —«¿Los dueños anteriores abovedaron el techo?»—, pero todavía faltaba para eso. Los domingos hacían *shish* kebab y hamburguesas de champiñones portobello a la barbacoa en justo el mismo sitio donde antaño Stephanie caminaba de noche, con la cabeza echada hacia atrás, mirando las estrellas. Cuando él estaba muy cansado —campaña para la alcaldía, tres críos—, se quedaba dormido incorporado contra el cabecero, igual que cuando estaba en el instituto. El botón que había en el centro de la tela le dejaba una marca en medio de la mejilla.

A veces el chico, ahora un hombre, pensaba en la época en la que hacía temblar los pilares de su casa con su lujuria. El recuerdo: archivado en el fondo de su modesta mitología personal. Había visto las noticias y los periódicos el día después, buscando alguna información sobre terremotos, temblores... nada. No volvió a pasar. Con su mujer no volvió a pasar, pero sí pasó algo distinto con ella. Algo más íntimo, silencioso. Por fin un día le contó la historia y su mujer se rio: hizo que lo quisiera más, esa fantasía mortal de una fuerza que mueve la tierra. Le dio un beso en la hendidura de la mejilla. Estaba claro que había sido cosa de Stephanie, dijo la mujer. Qué rarita era, qué tristona esa chica. ¿No lo había pensado nunca?

No, no lo había pensado nunca.

Rarita. Yo me acuerdo de verla ahí fuera, en el jardín. Siempre sola.

¿Sí?

Fortaleza..., la llamaban así, ¿verdad?

Yo nunca la llamé así.

Qué bueno eres... Volvió a besarlo una y otra vez.

Cuando jugaba en la linde del jardín con sus hijos, repasaba los anillos de los tocones y soñaba con todo el tiempo que les quedaba. Todo el tiempo del mundo.

La graduación y los de último curso lanzando los birretes al aire. Stephanie no pudo resistirse. Hizo que los birretes siguieran subiendo, inflando el cielo más y más. Dio la impresión de que el mundo se había detenido. Los compañeros de clase estuvieron años hablando de eso, de cómo los sombreros se quedaron colgando en la brisa, un corrillo de chicos y chicas vestidos de gala, fantasmas perdidos en el césped, suspendidos y conteniendo expectantes el aliento. ¿Es así como se siente el futuro?, se preguntaron, maravillados ante la forma en que había empezado la edad adulta sin pedirle permiso a nadie. Algunos juraban que habían visto el resto de sus vidas iluminadas en ese segundo refulgente. Y luego, por fin, los sombreros cayeron. Aplausos. El cielo recobró sus dimensiones normales. Los padres de Stephanie le buscaron la mirada, acobardados en las gradas. Stephanie sola, un puntito en el campo de fútbol americano. Se fue hacia el aparcamiento y siguió caminando mucho más allá. Si cerrabas un ojo, desaparecía. Lejos de la vista de todos. Apenas presente.

Stephanie se imaginó a su hermana terminando el instituto ese mismo día. En un acto bonito, con guirnaldas de claveles que podías comprar como regalo para los que se graduaban. Su hermana dio un discurso —los compañeros la escogieron para hacerlo, no tuvieron que pensárselo mucho— y luego se fueron todos a un restaurante a tomar tarta.

Los padres de Stephanie, tartamudeando, poco convencidos, ofreciéndose a llevarla a la facultad en coche. No, contestó ella. Exploradora independiente. A un palmo de distancia, casi al alcance de la mano, despidiéndose con la mano. Con una beca. Tocó el sitio donde su padre había estrellado una silla y había roto el tabique hacía ya tantos años. Allí seguía. Cerró el bolso. Hizo dos maletas y se fue sola a la facultad.

Un taxi hasta el tren. Una canción pop sonando por un pequeño altavoz. Sus padres: más pequeños en el retrovisor, pero cosa de la física, no de Stephanie.

Primer año de carrera, todo el mundo con todo el mundo. Sin espacio. Todos los de su pasillo cepillándose los dientes al unísono, comprando pósteres según el criterio de los galeristas, corriendo por las escaleras en una alegre estampida.

El pelo de la moqueta de la residencia, mullido con cotilleos de noches muy lejanas. Todo desconcertante, inmediato. Increíble. Qué olores. Desinfectante y colonia barata, crema corporal, hidratante capilar, cerveza rancia, pies.

Los edificios de la universidad, espaciosos y brillando al sol. O bajo tierra, sin ventanas, un laboratorio en un sótano para una asignatura popular, bien embutido en los recovecos de la colina. Sillas rotas, mesas largas y aulas llenas de bancos y vigas irregulares. Daba igual que Stephanie lo entendiera todo mal: las clases seguirían haciéndole sentir que estaba más cerca de la verdad. La cercanía del conocimiento, el afán de la búsqueda, todo solapándose. Saber no era lo mismo que querer saber, pero en la facultad tal vez sí.

La compañera de habitación de Stephanie, Doris, siempre despierta.

—¿Has terminado ya ese trabajo? —le preguntaba la gente.

—Estoy poseída —decía Doris—, poseída y punto —respondía metiéndose lápices en el pelo.

La gente de la facultad estaba siempre diciendo movidas por el estilo.

—¡Estoy poseída y tengo una misión! —decía Doris a las tres de la madrugada.

A primera hora de la mañana, todo el mundo dormido menos Stephanie y ella.

Un cortacésped rugiendo en la distancia. Los estorninos que vivían en los árboles del patio interior, tan contentos. El cuerno atronador de los sueños de Stephanie, conduciéndola hacia la luz del sol, hacia la conmoción del aire frío por la ventana, una corriente que refrescaba el sudor de las sábanas.

Después de la segunda sesión del club de observación de pájaros (cardenales, pinzones, zorzales), Will llegó al amanecer y descubrió a Stephanie en el baño, ahondando el plato de ducha para convertirlo en una bañera.

—¡Ah! —exclamó.

El cortacésped, petardeando.

—No se lo puedes contar a nadie. Por favor, no lo cuentes. —Stephanie le obligó a jurárselo—. Júramelo. —En albornoz, con las chanclas..., daba igual. Que jurase.

—Te lo juro, te lo juro —dijo.

Will tenía las cejas pobladas y los ojos hundidos en las cuencas. Tenía un poco de chepa y una provisión infinita de camisetas y vaqueros retro. Aparte, sí, Stephanie le había visto sin camisa en el pasillo por la noche. Parecía siempre preocupado por algo. Siempre tenía medio paquete de ramen instantáneo para ofrecer.

«Te cabe mejor en el cuenco cuando echas solo la mitad», les explicaba el erudito de la sopa a sus compañeros.

—Prométemelo —le pidió.

—Vale, te lo prometo —dijo Will.

Pero no era lo primero que notaba: el fregadero atascado del lunes anterior, escorado hacia la ventana en un ángulo improbable; su cuenco de ramen, sin previo aviso, con tamaño de sobra para un cuadrado entero de tallarines.

Más tarde quiso conocer los límites. Si podía crear un país nuevo, si podía cambiar su cuerpo. ¿Dolía?

Stephanie no se lo había planteado. Sí que dolía. Era como un tirón o una presión detrás de los ojos. A veces, después, veía estrellas. Le contó todo esto en un susurro. Tenían las rodillas tan pegadas que se rozaban. Mira cómo se plegaba Will para caber al lado de ella.

—Pero no pasa nada —añadió, pues no quería sonar frágil.

—Ya, ya —dijo él asintiendo como si fuera lo más evidente del mundo.

Will… el primerísimo amigo de Stephanie. Tenía buena cabeza para la política, la filosofía y prácticamente cualquier tema. Pósteres enmarcados de películas de los sesenta alrededor de la mesa. Una colección de música tan pastelosa como erudita. El ceño fruncido, arrugándose hacia una remota ciudad interior de conocimiento. Una guitarra en la esquina del cuarto, cogiendo polvo. Aplomo a modo de armadura.

«¡Yo he hecho un curso sobre eso!», respondía Will a la mayoría de las cosas.

Años después, Will iría a una fiesta del trabajo en un rascacielos con una compañera cuyo corazón planeaba romper. Esa noche ella bebió demasiado champán porque le escocía (sabía que él ya no quería nada con ella antes de que ella pudiera siquiera imaginar no querer nada de él). La mujer buscó al jefe de ambos y le dedicó a Will un florilegio de vituperios. Algunos compañeros hicieron un corro alrededor para escucharla. «Ese es Will —dijo para terminar su argumentación—, ¡el tipo con más talento de tu residencia en primero de carrera!» Acto seguido cogió un abrigo que no era el suyo, llamó a un taxi y se fue a casa, no muy orgullosa.

Pero eso fue mucho después. Ahora, en esa residencia de primero de carrera, a Stephanie le parecía perfecto. Le encantaba verlo hablar sobre el entuerto de ella.

—Nuestro entuerto —decía él.

Will creía saberlo todo. Eso era bonito. Incluso Stephanie, que sabía muy pocas cosas, sabía que saber un poco era lo máximo a lo que se podía aspirar. Y aun así no se resistía a esa forma que tenía él de aparentar saber mucho. Su arrogancia, cada corrección gramatical presionando las palabras que ella utilizaba para describir su corazón. Primero de su clase en su instituto del Medio Oeste. Un encanto al que ella no era inmune. La cama de ella agrandada de individual a doble cuando él se sentaba sobre sus almohadas, planeando estrategias.

—¿Nos hemos encogido o ha crecido algo? —preguntaba Will.

Alguien con quien compartir el entuerto. ¡Nuestro entuerto! Lo que suponía vivir su vida. La rarita, la tristona, con acompañante. Se acabó el estar sola. Una pequeña idea que creció. Amistad... un cambio repentino en su perímetro.

—¿Eres alérgica? —le preguntó Will.

—¿Alérgica a qué?

—Siempre estás apartándolos de la comida —le dijo mirando el plato de ella y cogiendo con su tenedor la cosecha de trocitos de pimiento.

Esa lectura íntima de su conducta era casi más de lo que Stephanie podía asimilar. Nunca nadie se había molestado en seguir sus movimientos y convertirlos en una historia.

En una ocasión que los demás se habían ido todos a un concierto de un grupo nuevo, Will llamó a la puerta de Stephanie.

—Enséñamelo —dijo—. Si quieres, claro.

Ella lo llevó a la otra punta del pasillo, al lado del microondas, y cerró los ojos cuando llegaron al entretecho de almacenaje. El pálpito, el gran dolor surgiéndole sin problema en presencia de él, mientras estiraba la escayola y se detenía en una posibilidad que le gustó. Así empezaba y terminaba siempre, con potencial.

Abrió la puerta y reveló un túnel, un margen secreto donde podían caber una o dos personas codo con codo. Se contorsionaron para entrar en el hueco que había inventado Stephanie, solo para los dos.

—No lo entiendo —dijo Will mirando hacia arriba, a las vigas podridas; estaban tendidos y ella sentía los pelos del brazo de él contra el suyo—. No tiene ningún sentido. ¿Dónde estamos?

—No lo sé —dijo Stephanie.

«¿En qué estás pensando en estos momentos?», quiso preguntarle. Pero una vez más prefirió no saber lo que le pasaba por la cabeza. En el mundo había más de ella, por —quizá— ser pensada por él.

—Me recuerda a un sitio —dijo Will—. Me resulta tan familiar.

Con los brazos apenas rozándose, una nueva idea se adentró en aquel hueco. Algo en lo que Stephanie no había pensado antes.

Si cerraba el túnel tras ellos, ¿adónde irían?

Pero Will estaba ya deslizándose de vuelta al pasillo, hacia la escalera.

—¡Creo que todavía llego al concierto! —dijo sacudiéndose el polvo de los pantalones.

Al salir del túnel, el entretecho retractándose hasta su forma original. Luego, de vuelta en la cama, llegó toda la congoja. Deseó poder agrandar el cuarto lo suficiente para escapar de sí misma... ¡qué patetismo! «Tiene que haber un horizonte al borde de ese sentimiento», pensó Stephanie, pero seguía fuera de su campo de visión. Encendió la lamparilla púrpura y se acurrucó bajo la vieja colcha de retales, con el sonido de la felicidad atacando desde un lejano patio interior. Ay, capaz de ir a cualquier parte de su vida y todavía sin poder llegar al final de Will.

Las aulas, la biblioteca, el comedor, la residencia. El perfecto hexágono de su rutina diaria expandiéndose en presencia de él, más prismático, digresivo, un mapa arrugado y entoldado. Al otro lado de la habitación, al otro lado de las bromas de él, en la gorra con el emblema de la universidad, en su circunferencia de reconocimiento, en el horrible recital, bajo la famosa estatua de la explanada, una vez más en el túnel del entretecho y frente a él en el sofá de sus habitaciones. La universidad era una serie de puntos de encuentro dispuestos a lo largo de un tiempo, cercanos a árboles. Ella esperaba que él llegara sin querer al lugar que ella había elegido queriendo. Doris en el umbral.

—¿Va bien, chicos? —preguntó—. Yo estoy ya tirando de la reserva. Poseída.

—Poseída —coincidieron ellos.

Fueron los tres andando a una fiesta en una casa de estudiantes fuera del campus. Doris le dio a Stephanie el móvil para no tener con qué mandar apegos caros.

—¿Qué es un apego caro? —preguntó Stephanie.

—Pues los mensajes esos que desearías no haber mandado la noche anterior —le explicó su amiga entre risas—. En plan apegos que se pagan caros.

—Ah, vale, yo te lo guardo.

—Me salvas la vida. Ahora mismo estoy enamorada de diez personas, es horrible —dijo Doris, que saltó una mesa y se perdió entre la muchedumbre.

El suelo, lleno de vasos desechables rojos. ¡Dadme vacíos!, chilló alguien. Stephanie fue andando sobre la basura para refugiarse en el porche acristalado. Una mesa, una silla, grandes boles metálicos llenos de comida de máquinas expendedoras. Había cerveza, tanto en barriles como para jugar al *beer pong*.

Stephanie bloqueaba el paso sin querer, parada en medio del tráfico del porche.

—¡Túu, quítate de enmedio! —le espetó al unísono un trío muy borracho, que se precipitó en bloque al jardín.

Stephanie se hizo a un lado y los vio dejándose caer sobre el césped, riendo con su propia acrobacia.

—¡Will, ¡ven, no te lo pierdas! —gritó alguien.

Cuando oía el nombre de él, aparecía un pequeño recoveco en el centro del momento, un sitio en el que poder estar a solas con él de nuevo.

—Venga —le dijo él desde el hueco de su mente.

Pero no, él estaba allí, en la fiesta. Cogió a Stephanie del brazo y la llevó a la cocina para que se uniera al grupo. Doris estaba haciendo un numerito sobre la encimera y moviendo los labios al son de una canción muy popular. Pero a mitad de la canción abandonó la letra y empezó a inventarse otra que no encajaba. Unos cuantos miembros del público se unieron al concierto de la encimera... «*Toutes des flûtes!*», trinó alguien cuando llegó la orquesta. Varias almas solitarias merodeaban juntas al lado del frigorífico.

—¡El aforo de la cocina está completo! —chilló la anfitriona, angustiada, el pecho reluciente de sudor—. Repito, ¡la cocina ha llegado a su aforo máximo!

—¡Entonces vamos a agrandarla! —chilló Will y todos aplaudieron; miró entonces a Stephanie, que le devolvió una mirada aterrada—. ¿Por qué no?

Ella sacudió la cabeza y echó su peso encima de él.

—No, no, por favor, no, por favor —dijo ella estrujándose las manos, al borde del llanto.

Nadie estaba mirando ni escuchando. Los estudiantes se habían tomado al pie de la letra la sugerencia de Will y estaban ocupados abriendo las ventanas, subiéndose a la isla de la cocina y abalanzándose sobre el espacio que quedaba. Doris aporreó el techo con un paraguas, pero con su fuerza no podía causar mucho daño. Otra gente sí. La puerta de un armario se salió de los goznes y las flautas se pusieron a tocar un preludio desafinando a tope. Preludio de qué, no se sabía. Tíos desnudos corrían por todas las habitaciones.

—¡La cocina queda clausurada! —chilló la anfitriona—. ¡Repito, la cocina queda clausurada! —Bloqueó la puerta con un gesto dramático y Stephanie y Will se agacharon para pasar por debajo de su brazo.

Parecía que las mejores noches siempre terminaban así, con un desalojo. O no terminaban nunca: simplemente se daban de bruces con la mañana y seguían dando tumbos rumbo al almuerzo.

En el camino de vuelta a casa, un rocío reciente empapaba la hierba, cubriéndoles los bajos de los vaqueros con manchas húmedas, briznas de hierba cortada como bordados por la tela vaquera. Stephanie y Will repasaron los acontecimientos de la noche, dando premios al más borracho, al más escandaloso, al más personaje, y así. La repentina retrospectiva de las fiestas, una peculiaridad de la universidad, buscando la nostalgia en plena arremetida del presente. Por el césped, una pirámide de sombras alargadas a las que se les unían voces en algún punto más lejano. Sin cuerpos a la vista, solo asomos de cuerpos. Will y Stephanie seguían a solas.

—Pero ojalá no me hubieras asustado de esa manera —dijo una vez que terminaron el repaso de la noche.

—¿Asustarte yo?

—Con lo de que agrandara la cocina.

—Anda, venga ya —dijo Will echándole un brazo por los hombros y riéndose—. ¡Te estaba haciendo un guiño!

—¿Ah, sí?

—Nadie pilló nada. Tú eras la única que sabía de qué hablaba. Espera —dijo.

La hizo esperar junto al estanque porque creía haber oído un somorgujo. Se quedaron a la escucha, pero no era una especie muy común por esos lares.

A Stephanie no se le había pasado el disgusto. El tema era que nunca nadie le había hecho un guiño. Los demás hacían bromas sobre ella, eso lo tenía claro —en la clase del señor Dougherty, en las taquillas, con lo del suelo del comedor—, pero siempre había estado atrapada en ese porche acristalado, intentando encontrar un asiento. Era una sensación bonita, y se echó un poco sobre su amigo, la curva del polar de él acomodando el top sin mangas con sudadera abierta de ella, un coraje timorato acumulándose donde nunca había habido. Al doblar por la calle principal de la facultad, no dijeron una palabra. La mano de Will, apoyada en el hombro de ella. La luz del camino en un charco alrededor de ambos, dando paso a una increíble oscuridad en la esquina con la farola rota. La insólita capacidad de las horas más breves del día. Todo estaba totalmente tranquilo, y Stephanie deseó poder también agrandar los momentos. Pero claro, para eso estaba la memoria.

Se imaginó a su hermana en la otra punta del mundo, sintiéndose así de bien. No... mejor. También iba camino de casa con alguien a quien quería. Todo se veía más claro y definido; también el amor. Había somorgujos cerca y era fácil verlos.

—¡Qué tarde es! —dijo Will cuando estuvieron de vuelta en la residencia—. Que descanses —dijo volviéndose, pero prácticamente se había ido.

La anfitriona de la fiesta de la casa fuera del campus dio muchas otras fiestas a lo largo de los años. De hecho, llegó un punto en el que se convirtió en su trabajo. Organizaba el cáterin y la lista de invitados y hasta los micrófonos si hacía falta. Planeó una fiesta de empresa en un rascacielos para una compañía nefasta. O al menos dejaban propinas nefastas. Otra, en el restaurante más famoso de la ciudad. De vez en cuando ella misma sentía esa primera fiesta en la facultad asomando por las costuras de la fiesta del presente en la que estaba, como si fuese una invitada intentando cargarse el acto. Los que corrían desnudos, la que hacía playback en la encimera, los armarios destrozados. Esa alma en pena, sola, dando vueltas por el porche acristalado. La anfitriona jamás dejaría deambular a nadie solo, nunca más. Qué error de principiante. Daba fiestas para sus vecinos, para sus amigos, en su pequeño estudio, con el pecho reluciente de sudor, asomándose por la ventana de incendios para conseguir un soplo de brisa y sin preocuparse por el caos de la cocina, el jarrón roto al lado del sofá. Una vez la mesa barata que tenía se le hundió por el centro y los aperitivos salieron disparados hasta el último rincón del cuarto. Semanas más tarde seguía riéndose, deleitándose cada vez que encontraba una aceituna perdida por el suelo. Nadie daría nunca una fiesta para ella, pero mejor así. Si vives en las lindes de tu propio universo, todavía es posible que hayas sido el centro del de otra persona.

Llegó el puente de otoño y Stephanie se quedó en la facultad. El Finde de los Padres y los suyos sin tiempo para ir a verla, papá está este mes limpiando los canalones, mamá tiene una comida de trabajo importante. Acción de Gracias en la sala de reuniones del sótano junto a todos los que les era imposible volver a casa, aquellos que no conseguían armar una carretera que los llevase de vuelta adonde empezaron. Stephanie echó en su bandeja una buena ración de guarniciones de temporada. Puré de patatas gomoso, judías verdes, maíz de lata. Una chica lloró porque estaba perdiéndose el partido de *homecoming* de su hermano, pero el tren estaba muy caro en esa época del año. Se compartían coches, pero la gasolina estaba también muy cara. Durante mucho tiempo el mundo había tendido hacia la comodidad. Eso se había acabado. La gente apenas había notado el cambio y aun así la distancia volvía a ponerse difícil, confusa y demasiado tediosa para surcarla. Stephanie caminaba por las solitarias dimensiones del campus, los patios interiores desiertos, los tranquilos vestíbulos, los silenciosos hangares recreativos en los que podía estar sola en los pasillos y explanadas vacías. Y luego, la vida fue volviendo, alumno a alumna, una matriz de almas que poblaba el infinito y obliterante espacio.

Stephanie llamó a sus padres pero no obtuvo respuesta. Dejó un mensaje en el contestador y se imaginó su voz llenando la casa vacía. Pero no, la casa no estaba vacía. Estaban allí, lo sabía, mirando el teléfono. Sin cogerlo.

El comedor, tras una semana vacío, vuelta a llenarse. Habitaciones que se hacían más grandes y más pequeñas sin ayuda de Stephanie. La cita fija para desayunar con Will los días después de las vacaciones, algo ilusionante, él había dejado escritos en la pizarra de ella la hora y el lugar. Lo esperó en una silla pegada a la pared del fondo mientras revolvía su tortilla de pimientos, cebolla y queso. Fuera, se materializó una partida de frisbi en el césped. La trayectoria de un jugador dejó a la vista a otra en la distancia, y esa corrió hasta que dejó a la vista la presencia de dos equipos. Stephanie vio cómo planeaba el disco, una conchita de chocolate que llegaba a una palma abierta, lanzada desde la muñeca de un jugador invisible que no llegaría a entrar en la línea de visión de Stephanie.

¿Qué le contaría primero? ¿Qué detalle dejaría a la vista la presencia de otro detalle? Lo triste de Acción de Gracias, lo de que habían apagado la calefacción sin querer en la residencia, un grupo de estudiantes amontonados en la curva del centro del campus, medio a oscuras, esperando noticias, Stephanie agarrándose el torso como un árbol envuelto en sus propias ramas. No, mejor empezaría ella con las preguntas. Le dejaría hablar a él sobre su extensa familia, los primos que se derramaban por la terraza, la salsa del pavo de su madre que se derramaba por el mantel de tela. Ella había tenido la esperanza de que él la invitara a su casa pero sabía lo disparatada que sonaba la idea. Quizá si hacía la pregunta adecuada, esta se curvaría sobre lo que pasara en el semestre y revelaría un viaje en autobús con Will rumbo al Medio Oeste para las próximas vacaciones.

«No hay pruebas que respalden eso», le dijo su amigo desde la habitación de la mente de ella.

Pero no…, él estaba allí, en el comedor, en una mesa llena de gente junto a los condimentos. El frisbi pegó contra el cristal y, del sobresalto, hizo que Stephanie saliese de su ensoñación. Cogió la bandeja y se acercó a la otra mesa, demasiado sorprendida como para preguntarse si sería bienvenida.

—Creía que habíamos quedado para desayunar —dijo.

—¡Stephanie! Ponte con nosotros —la invitó una chica.

Will levantó la vista, visiblemente incómodo, y luego se pegó más a la chica, para hacer sitio en el banco corrido.

—Stephanie —siguió diciendo la chica, que tenía la mano en el codo de Will; llevaba un gorro de esos pensados más para presumir que para abrigar—. Tienes que ayudarnos a zanjar un debate.

—Vale —respondió y se sentó entre dos aspirantes a analistas políticos.

—Will ha planteado una hipótesis al grupo. Si pudieras hacer que el mundo fuera más grande, ¿lo harías? —Cogió la bandeja entre las manos e hizo un movimiento para sugerir que la bandeja se expandía.

—Es solo una hipótesis —dijo Will poniéndose pálido.

Stephanie creía que iban a hablar de los frisbis, de familias, del pavo. Se había imaginado guardándole a su amigo el pimiento rojo de su tortilla. A lo mejor él hasta volvía a ponerle la mano en el hombro. ¿Adónde había ido esa versión imaginada de acontecimientos ahora que estaba ocurriendo otra cosa?

—No es solo hipotético —dijo un jugador de lacrosse alargando la mano por delante de Stephanie para coger la sal—. Es que no se puede agrandar una cosa sin quitarle a otra.

—Ah, vaya, una interpretación imperialista —dijo Will mirando a Stephanie en busca de apoyo.

—No, es una interpretación científica —dijo el jugador de lacrosse—. La materia en cuestión aquí es la materia.

El chico se quedó encantado con aquel juego de palabras y echó un poco de sal en los huevos de Stephanie para subrayar su argumento. «La materia en cuestión aquí es la materia», repetiría cada septiembre durante treinta años dando clases de Física a adolescentes, mientras estos refunfuñaban por lo bajo.

—Pero crear más mundo podría salvar el mundo —dijo la chica con la mirada distraída, empeñada en tocarle el codo a Will cada vez que hablaba—. Si consiguiéramos hacer más grande el mundo, quizá así no moriría.

—No —dijo Doris mirando por la ventana; Stephanie no había visto que su compañera de la residencia estaba en una punta de la mesa—. Hacer más grande el mundo no va a salvarlo. Solo conseguirá que duela más cuando desaparezca.

—¡Yo he dado un curso sobre eso! —dijo Will.

—No hay suma sin resta —dijo el tesorero de la asociación de estudiantes, al tiempo que cogía un bollo de la bandeja de Stephanie para demostrar su teoría.

Se imaginó entonces a su hermanita pequeña, que vivía su vida en el otro lado del planeta, perdiendo una molécula cada vez que ella agrandaba algo. Se le desmoronó un sentimiento a su alrededor. Miró a Will, que giró la cara y se rio con una broma que estaban haciendo al otro lado de la mesa. Ella hizo como si también la hubiese escuchado y sonrió.

En todas esas noches que se quedaban juntos hasta las tantas, con la de preguntas que él hacía siempre (¡una barbaridad!), y ni una sola vez le había preguntado por qué. Por qué ocurría, y cuándo... le daba igual. Stephanie le habría contado que se debía a un anhelo, un ansia, algo tan en lo más hondo de su ser que estaba fuera de su cuerpo. Un lugar en el que poner el deseo. O quizá él no preguntaba porque no quería saber la respuesta.

—¿Ha visto alguien a Doris? —El orientador residente estaba buscándola, mirando por todas las habitaciones.

Había vuelto a darle a Stephanie su móvil y ya no volvió a recogerlo.

Los compañeros de cuarto miraron bajo el sofá, por todo el campus. La buscaron por todos los escondrijos donde solía pasarse la noche trabajando.

«Mujer muerta», le vino a la cabeza a Stephanie, que estaba ya sudando. Pensó en todos los lápices suspendidos en el pelo de Doris.

—¿No puedes hacer nada? —le susurró Will con la boca muy pegada al cuello de ella—. Rollo sonar o ecolocalización...

—No soy una ballena, joder —contestó Stephanie.

La búsqueda se extendió de residencia en residencia y se prolongó durante la noche. Todos con linternas, como en la serie danesa esa tan deprimente que veían todos los miércoles.

A Doris le faltaba un episodio por ver, recordó Stephanie, al tiempo que una tristeza recia le subía por el pecho.

Iluminando la explanada interior. La hierba extendiéndose hasta el bordillo. Peinaron hasta el último centímetro. Tres de la mañana.

Cuando encontraron a Doris al fondo del edificio de Ciencias, estaba inconsciente. Era una habitación cerrada cuya existencia nadie conocía, llena de cómodas sillas y textos insólitos sobre la vida marina. Tuvieron que llamar a los de mantenimiento para que les abrieran la puerta. Luego a la ambulancia.

—¿Por qué tienes tú su móvil? —le preguntó a Stephanie el encargado de la seguridad en el campus.

Will se quedó observándola desde el otro lado del pasillo.

—Por no sé qué de los apegos caros —masculló Stephanie—. Siempre decía lo mismo. Estaba enamorada.

—Vale, gracias. Nos lo vamos a llevar —dijo el hombre, y ella le dejó el teléfono en la palma abierta.

En el campus todo el mundo quiso saber sobre Doris. Famosa de la noche a la mañana. Una leyenda.

—¿Te acuerdas de cómo se ponía, en plan «Estoy poseída»? —comentó alguien por los escalones que subían a la biblioteca.

Se quedaron callados cuando Stephanie pasó a su lado. Y todos se quedaron callados también cuando entró en el salón comunal para coger una película de la repisa. Will levantó la vista hacia ella, fugazmente, buscando un punto ciego, y luego la bajó de nuevo al regazo.

Los aspirantes a analistas políticos iban andando cogidos de la mano y luego se separaron al acercarse Stephanie. Esta, en la línea del vuelo proyectado del frisbi. Pero nadie corrió hacia ella ni le hizo aspavientos para que ella lo lanzara de vuelta a la partida. Sacaron otro frisbi. El que había aterrizado a sus pies, quedó abandonado.

El campus en invierno estaba medio deshelándose, medio congelándose. Los pinos se vencían bajo las colisiones de hielo, como cristalería rota en el aire y suspendida. Camino del auditorio, sola. A todas partes, sola. Qué vergüenza, tener menos después de haber tenido más por un momento fugaz. Un solo de fagot que trajo de vuelta la atención de Stephanie. Las notas elevándose de entre una orquestación vibrante, siguiendo hacia arriba y perdiéndose por encima de la melodía en una nueva nota, para luego salirse de la escala como si se adentraran en una composición distinta, sin necesidad de encontrar una resolución.

Stephanie se hacía largos en la piscina del gimnasio antiguo y aumentaba el tamaño de su carril solo un poquito. Sin testigos, un espacio extra que le hacía compañía. Ahora, con su mundo bruscamente mermado, se reencontró con la vieja inclinación, la de querer existir en algún punto más allá de las fronteras de sí misma. El agua se removió en la piscina, cambió de volumen.

Hasta que no terminó sus largos no se dio cuenta de que estaban mirándola. El equipo de submarinismo en la galería la observaba de hito en hito, anonadados. Se quitó las gafas para ver los ojos desencajados a lo lejos, trasmitiendo confusión y algo más.

—Es justo como lo describió él —oyó decir al capitán del equipo, que casi sonreía: la conmoción y el deleite de cuando un rumor se confirma.

—¿Se lo has contado?

—¿Contar el qué? —Will estaba metido en la cama con la chica de aquel desayuno horrible.

Stephanie había abierto sin llamar y la risa de la chica se escapó por la puerta.

—Se lo has contado a todo el mundo.

—Un momento, espera —le dijo Will a la chica, con el ceño fruncido. Luego—: No te pongas ahí en medio, Stephanie.

—Perdón —dijo esta, que se hizo a un lado y luego lo siguió por el pasillo.

La gente pasaba de camino a la cena. Y qué lejos se puso él de ella. Prácticamente con la espalda pegada a la pared de enfrente.

—¿No podemos ir a un sitio más apartado? —le pidió.

—Aquí estamos bien.

—Oye, Will, ¿me puedes prestar un pantalón de chándal? —gritó la chica desde el cuarto.

—En el último cajón —le respondió este.

—¿Ella también lo sabe?

—No sé qué esperabas, la verdad.

—O sea, que se lo has dicho a todo el mundo.

—Es que no puedes ir por ahí jugando con la vida de los demás —contestó él frotándose los ojos—. Tenía que decir algo. Era una cuestión de seguridad, ¿entiendes?

—No, no entiendo.

—Pues por lo que pasó con Doris... Lo de la habitación secreta —le explicó, pero ella lo miró con cara de no entender—. Es que ni siquiera eres consciente... Y salta a la vista.

No saltaba a la vista. Por un breve momento de esperanza, Stephanie creyó que quizá fuera un ejemplo de claridad, un recuerdo traslúcido por el que poder mirar como por una lupa para encontrar el sentido de su vida entera.

—Por favor. ¿Qué me quieres decir?

—No, no pienso dártelo mascado —le dijo, pero aun así procedió a hacerlo—: Me enteré de lo que le pasó a tu hermana. Tienes un patrón que se repite —susurró—. Necesitas ayuda. Ayuda de verdad.

Stephanie se quedó mirándolo pero ya no lo veía. La presión detrás de los ojos y las curvas de dolor.

—Yo solo te lo digo como amigo. —Will exhaló con un agotamiento que ella no sabía que provocaba en él.

«No me puedo creer que lo hayas contado», pensó Stephanie. Pero no era por eso por lo que estaba enfadada. ¿Era aquello realmente el peor de los crímenes, o era que Will no le correspondía? Él le había dado un motivo sólido y, en cierto modo, le estaba agradecida. Ahora podía forjar una pequeña razón en su corazón para odiarlo, algo que era culpa de él, no de ella.

—¿Ya has terminado? —preguntó Will, que volvió a exhalar.

Pero entonces vio que no era agotamiento. Su amigo tenía los puños apretados contra los costados. Otro grupo de estudiantes atravesó su enfrentamiento de camino a la cena y, cuando pasaron, él liberó las palmas, relajó la postura. En el pasillo tenía testigos. Stephanie comprendió entonces que su amigo le tenía miedo.

Seguramente echó a correr porque cuando quiso mirar alrededor, ya no estaba en la residencia. Había nieve arremolinándose en grandes embates de confusión, subiendo y bajando. En el césped abierto, por entre la hierba crespa como una barba naciente en un mentón, abrazándose para abrigarse del frío. Stephanie no lo tenía claro: ¿de pronto el barro era profundo porque sus ideas se adentraban en la tierra o por la nieve derretida? Al otro lado del mundo su hermana estaba también metida hasta los tobillos en barro, aunque por razones más halagüeñas. Estaba sembrando un huerto, decidió Stephanie, vadeando la tierra, los pantalones arremangados por las pantorrillas, soltando semillas por entre los dedos, riendo con un chiste que le había contado ese día alguien a quien quería.

Stephanie se sentó en el suelo para estar más cerca del otro lado del mundo. Allí, en el ciclón de ráfagas, se calmó. Ojalá pudiera ver al otro lado de sus propias esquinas. Su arquitectura interna, en constante deterioro. Edificios de piedra en los jardines principales, luminosos e imponentes, vestidos con la glamurosa iluminación vespertina. ¿Cuál era la ocasión? Ah, sí. Había perdido a su único amigo. Tan tranquilamente pensando en volver a verlo: la promesa del futuro había revestido de mármol la superficie de su presente. No podía aislar el momento, la secuencia de los hechos. Ya había ocurrido, pero a la vez seguía pasando. Y a veces no lo recordaba tal cual había sido, porque todavía no había ocurrido.

Por la mañana, la cuadrilla de mantenimiento de los jardines rodeó una profunda cavidad enfangada en el césped, rascándose la cabeza sin entender nada. Tuvieron que llamar a una empresa, presentar el formulario en la oficina correspondiente y esperar una partida de tierra ya sembrada, que venía en baldosas perfectas. Seguro que ha sido un animal, dijeron. Estos críos son unos animales.

Doris regresó al campus. Fiesta de bienvenida. Se sentó en el sofá, con una sonrisa de compromiso, y luego volvió a su cuarto. Quería tranquilidad, calma. Los oídos, un pitido continuo. Se encontró a Stephanie sentada en el suelo del pasillo, se levantó para saludarla. Qué rarita esta chica, pensó Doris, con los ojos siempre con un cerco de algo malo. A punto de algo. Enamorada del tonto de Will de la habitación al lado del microondas. Incluso cuando él la ignoraba, Stephanie lo consideraba un gesto de atención. A Doris no le era nada ajeno ese tipo de apego, de modo que sintió un afecto pasajero por su compañera.

La saludó con la cabeza y se metió en su cuarto. Luego sacó la cabeza de vuelta al pasillo y dijo:

—Fueron pastillas, por cierto. No sé por qué te lo estoy contando a ti.

—Vaya... —musitó Stephanie.

—No sé a quién se le ocurre comprar un barril de cerveza para alguien que acaba de dejar la bebida, pero en fin...

—Doris se encogió de hombros y luego medio sonrió, cerró la puerta y se fue a dormir.

Después de la graduación, Doris se enteró de los rumores, de lo de Stephanie la Maligna, la bruja, la villana que creaba espacio donde no lo había. Que había creado una habitación secreta encima del centro de Ciencias y había encerrado allí a Doris.

—¿Estáis de coña o qué? —dijo llevándose los dedos a las sienes.

Sus amigos parecían conmocionados.

—¡No sabíamos qué pensar! —alegaron—. Entre que tú siempre decías que estabas poseída..., y luego Stephanie...

—Que iba drogada, joder. —Doris les explicó lo de la habitación secreta, financiada por un antiguo alumno acaudalado—. En teoría había quedado con él allí y nunca... —Doris tragó saliva—. Apegos caros, ya se sabe...

Muchos años después intentó ponerse en contacto con Stephanie, pero no consiguió dar con un número operativo. Era como si se hubiera borrado de la faz de la tierra. Hay gente que no vuelve a ser tan interesante como en esos primeros meses de facultad. No fue el caso de Doris. Hubo una retahíla de romances muy sonados: el redactor de una revista de moda, el director ejecutivo de una empresa, la actriz de los *blockbusters* sobre antílopes, extinguidos hacía tiempo (los animales, no la actriz..., aunque en una crítica arguyeron lo contrario).

Y luego Doris acabó haciéndose famosa en ciertos círculos por sus intrépidas memorias, *Apegos caros*, sobre esa época a sus veintipocos años en la que todo objeto poseía un fantástico halo de luz, nada tenía sentido y se pasaba ciega día sí y día también.

Stephanie terminó la carrera. Antes de lo normal. Para siempre parte del folclore del campus. Como el antiguo emblema de la facultad, el cuervo, extinto tiempo atrás. Ambos, leyendas urbanas. La rarita, sentada en los escalones del edificio de Filosofía. Esa era la foto del anuario, en cualquier caso. Ahorró y le compró un coche reventado a un hombre con tres nombres de pila y se puso a conducir y conducir, parando solo para rellenar el depósito con la gasolina más barata, y vuelta a conducir. Esa fue la época en que estuvo en movimiento constante y sin preocuparse por fechas en el calendario o ambiciones.

Su hermana daba vueltas a su vez por su otro lado del mundo, un viaje en coche con amigos, sacando la cabeza por el techo abatible, cantando. Manteniendo la distancia entre ambas, tensa y constante.

Había sitios donde se podía uno parar a hacer fotos, y para eso sí sacaba tiempo. Paraba y hacía senderismo por el Gran Cañón. Qué cantidad de espacio, un bufé infinito de texturas y sombras. Seleccionó una piedrecita roja, se la guardó en el bolsillo del vestido, que había comprado en la única tienda de segunda mano decente que había en ese estado. Los estratos se acumulaban en capas que iban del sedimento a la roca ígnea, la historia tectónica del mundo. Stephanie pensó en las placas movedizas de su propio universo menor, en cómo había aprendido a elevarse a sí misma en el espacio en muchísimos menos millones de años. De roca roja a secuoya. Árboles tan altos que rozaban el ozono sin ayuda de Stephanie. Los anillos alrededor de los tocones, infinitos. Ancestrales.

Los Grandes Lagos, enormes. Podía tontear con los bordes del fango sin que nadie se diera cuenta, sin que nadie se enterara. El Mall of America. Enorme. Solo monumentos, solo los grandes. Las Badlands, el Monte Rushmore, puentes, sin un orden concreto.

Cuando uno anda viajando es típico mantener el contacto, de modo que Stephanie hizo lo que pudo por seguir las normas. Una llamada o una postal a sus padres, de vez en cuando. Una foto de ella, empequeñecida por el chorro de un geiser. Cada vez más y más pequeña en el espejo retrovisor.

—Ve con cuidado —le decía su padre al teléfono.

—Vale.

Pero a él no le preocupaba la seguridad de su hija: le preocupaba la del resto de la gente.

—Mamá te manda recuerdos.

Cuando Stephanie necesitaba dinero, dormía en el coche o se paraba un tiempo en un pueblo y cogía trabajos temporales dirigidos por mujeres con nombres como Peque o en tiendas con nombres como Nada Bueno Bajo el Sol. Diferenciaba los trabajos por formas y espacios. El rombo de pintauñas azul pintado en el lateral de la caja registradora. Las rodajas de calabacín en la quiche veraniega. El queso globular del fondo de los refrigerados. La zona de los reservados circulares, de esos con asientos forrados de vinilo rojo, llenos de niños que no tienen nada que hacer, ningún sitio adonde ir.

De vez en cuando llegaba a un lugar donde su deseo se elevaba y se arqueaba hacia un promontorio invisible en su corazón. La atracción turística. El sembrado cerca de la linde de la ciudad. Los arroyos y los supermercados de gasolinera, las grutas y los aparcamientos, los sitios del mapa que tenían fronteras mutables. Ubicaciones donde sentía la tentación de rasgar en dos una vieja ilusión de geografía y dejar su impronta, un anhelo que se inflaba en sus propios cimientos. Stephanie no sabía decir si los lugares la llamaban o si la llamada venía de algún sitio imaginario. Si dejaba cambiado el paisaje o se fijaba en una posibilidad ya existente que nadie más había visto.

En un motel, dos puertas que daban a dos habitaciones separadas, creando un ángulo de cuarenta y cinco grados al final del pasillo. Era un edificio muy loco —la hija de los Madison lo habría llamado «con encanto»—, no se podía abrir una puerta sin bloquear otra, lo que hacía que los huéspedes de esas habitaciones no pudieran juntarse nunca. Stephanie no cambió sus medidas. Curioso. El aspecto que tenía le recordaba a cómo se sentía, siempre descompasada con todo el ancho mundo.

Los años desaparecieron de un modo que le era familiar. Las tareas, las pequeñas cosas vacías. Las compras, la lavandería, los turnos por horas, el viaje de aquí allí, pero nunca de vuelta. Los acontecimientos que ocurrían en tramos de meses y formaban un único recuerdo continuo, borrando unidades de tiempo mayores. Un saco de minutos acumulados colgando de una cornisa.

Las trasgresiones también fueron acumulándose. El *diner* donde le preguntaron a Stephanie por la despensa secreta, la que no estaba cuando alquilaron el local. El motel, sí, donde volvió para cambiar las medidas. ¿Cómo podían dejar que esas puertas pasaran la eternidad chocándose? No era justo. Pero habrá que volver a tasar la propiedad, dijo el dueño sujetando la puerta para que Stephanie se largara. El parque nacional donde los guardias de pronto tenían más terreno que cuidar, más naturaleza de la que habían accedido a preservar.

Soñó con una cueva húmeda. Tenía mil entradas pero solo una salida. Ella había salido de la cueva hacía muchos años, lo sabía. Le bastaba con recordarlo para poder encontrar de nuevo la salida. Y aun así, cada vez que llegaba a la salida, se olvidaba de que en algún momento había querido salir.

Stephanie aterrizó en una ciudad. Cara, anónima. La esquina de su calle olía a basura incluso los martes después de que la recogieran. La mujer de la primera planta se pasaba el día y la noche gimoteando. Stephanie se juró no volver a hacer espacio nunca. Solo en la intimidad, entre las cuatro paredes de su piso. Espacio invisible, igual de invisible que ella. Una taza de café más honda, unos centímetros adicionales en la nevera. Nadie que hiciera su mundo más grande. Nadie a quien hacer daño. Solicitaba puestos de secretaria y trabajaba en las tinieblas. Era una bocanada de aire emitida por una persona que aceleraba en dirección contraria.

Si hubieses preguntado por Stephanie en esa época, la gente habría dicho que era una trabajadora ejemplar. Inteligente. ¿Demasiado quizá? Puntual, proactiva. Puede que sea un talento desperdiciado, habría dicho algún superior si le hubieses preguntado. Hubo una jefa que notó algo en Stephanie, algo triste y distante. ¿Peligroso? No. La buscó por internet, pero no encontró más que historias a medias. Licenciada muy joven, de un estado lejano. Algunas fotos de un viaje en coche.

Solo paisajes en las fotos, solo Stephanie, ella sola.

—Te voy a tomar bajo mi protección —le dijo una tarde aquella jefa.

—No tiene por qué hacerlo —dijo Stephanie.

—No te preocupes, tengo sitio ahí debajo.

—De verdad, no necesito nada. Estoy bien.

—Demasiado tarde. Ten, ¿puedes ordenar esto por mí? Mi tutela y yo tenemos muchos documentos que archivar. —La jefa le guiñó un ojo y se fue.

El radiador de la oficina canturreaba en invierno y el aire acondicionado tableteaba en verano. Los escritorios eran todos el mismo, todos a juego y comprados en conjunto con las sillas y los armarios, un ambiente coordinado y satisfactorio. Stephanie tenía el mismo escritorio laminado que la recepcionista, así como el encargado de Relaciones Públicas y su gran mata de pelo rizado, e igual que su jefa. Tenía el mismo escritorio que Annie, la asesora comercial. Annie tenía un termo y un hojaldre en la esquina de la mesa cada mañana, y a veces le dejaba también un hojaldre a Stephanie en su mesa.

—¡Sustento! —decía y sonreía.

Stephanie le sonreía. Ambas reían.

La forma que tenía Annie de reírse le recordaba a su hermana pequeña, en las mejillas anchas y la boca abierta, y muy poco sonido saliendo de ella. Pero no: su hermana estaba al otro lado del mundo, pasando a máquina una carta opuesta a cada carta que escribía Stephanie, su mesa igual que la suya, solo que del revés.

Su hermana era ya adulta, y Stephanie tenía la sensación, incluso en la imaginación, que empezaba a florecer un desacuerdo entre ambas. ¿Estaba escribiendo a máquina cartas o ideas opuestas? Por todo lo que Stephanie creía, su hermana creía otra cosa. La gravedad seguía manteniéndolas a flote, pero era una órbita hostil, con un conflicto en su núcleo. Estaban distanciándose, al unísono.

—¿Tú te puedes creer que no le cubran la baja de maternidad? —le dijo indignada una amiga de Annie.

Estaban decorando el *baby shower* de Annie, y Stephanie se vio ayudando a inflar globos para desperdigarlos por una mesa en casa de una desconocida. Las circunferencias en expansión, solo aire, sin triquiñuelas. Judías de gominola en tarros con forma de ositos. Banderines, magdalenas y regalos. Annie llegó y rio con su risa silenciosa en el umbral, las mejillas sonrosándosele. Su marido la había llevado y había esperado fuera un minuto antes de volver a arrancar.

Luego las muñecas, los pañales, los juguetes educativos. El cuenco lleno de consejos.

Annie cogió una tarjetita doblada.

—«¡Deja siempre un hueco para ti!» —leyó.

—Eso es superimportante —dijo una de las mujeres, con la cara emocionada al presenciar sus propias palabras, y secundada por unos cuantos asentimientos mudos y manos en el corazón.

—Anda. Esta está vacía —dijo Annie levantando otra tarjeta. Era de Stephanie.

Luego los postres y el zumo y relatos de partos desconcertantes. Dos mujeres compitieron por el peor parto y otras dos por el mejor hijo. Stephanie quería vivir en algún punto intermedio de las cosas, ni en lo peor, ni en lo mejor, allí sin más. Pero la pasmosa abundancia de historias no hizo sino atraer la atención sobre lo poco que tenía que decir. Se sintió borrosa, se fue al baño y se quedó allí. Mirando las cremas alineadas en torno al lavabo. Tantos olores y propósitos: preventivo, restaurativo, relajante, refrescante... Cómo escapar de esa fiesta.

Expandió el armario de las medicinas hasta que empezó a ver estrellas, una presión detrás de los ojos, y casi se desmayó.

—¡Aquí estabas! —dijo Annie, cuando la encontró saliendo ya del baño; le cogió de las dos manos, con aire conspirativo—. ¿Has probado las magdalenas?

—De Red Velvet —dijo Stephanie, con el estómago revuelto—. Buenísimas.

—Venga, anda, pero si el Red Velvet ni siquiera es un sabor de verdad. —Annie sonrió con ganas, formando una falsa sonrisa maligna bajo el aliento.

—Es verdad, a alguien se le ha ido la mano con los fideos de colores.

—Esto es un horror. Odio ser el centro de atención —dijo Annie—. Odio las movidas de bebés. ¡Por favor, no me dejes sola!

—Tranquila —le dijo sonriendo, todavía con las manos de su amiga en las suyas; las manitas rechonchas de su hermana pequeña.

—Escucha —dijo Annie cogiendo un vaso de limonada de la mesa—. Necesitan que alguien se encargue de mis clientes mientras yo esté de baja. Les he dicho que lo hagas tú.

—Ay, no. Gracias, pero no. Eso es cosa de la jefa.

—¡Pero si ella está de acuerdo! Le encantas —dijo Annie—. Si fuera por ella, te adoptaba. —Stephanie parecía aturdida—. Oye, no serás adoptada, ¿no? —preguntó Annie.

—No. —Stephanie pensó en sus padres, y en si realmente podía seguir afirmando que eran suyos: dos pequeños retazos, como figuritas de porcelana abandonadas en el suelo de su mente.

—Lo siento mucho —dijo Annie—. ¡Mis padres murieron! Siempre meto la pata cuando hablo.

—Qué horror.

—No, el horror son las magdalenas. Venga, no te me pierdas.

—Vale, no te preocupes.

—Oye, hazme un favor. Olvida todo lo que diga por esta boca, ¿vale?

—Claro —dijo Stephanie recordando ya la conversación mejor de lo que su amiga la recordaría jamás.

—Ven, vamos a jugar a ponerle el pañal al burro o cualquier mierda de esas.

Las demás mujeres le pusieron una venda en los ojos a Annie y le dieron vueltas en círculo. Stephanie la vio dar vueltas, desorientada y tambaleándose, con la mandíbula caída. Eso era lo que ella siempre sentía, una caída por el espacio. Nunca lo había visto antes, interpretada a la perfección. Cada giro sinuoso y mareante. Sí, pensó Stephanie, sí, exacto. Luego Annie le puso el pañal al burro y todo el mundo aplaudió.

Stephanie cuidó muy bien de los clientes de Annie. Hacía tanto que nadie creía en su capacidad para hacer las cosas bien... Para hacer el bien. Normas de adultos. Todo tenía medidas finitas y podía ser evaluado objetivamente.

—Lo estás haciendo genial —le decía su jefa, tamborileando en su mesa cada vez que pasaba.

Se quedaba hasta tarde y llegaba temprano. La inquilina del piso de debajo de su edificio había dejado de gimotear y Stephanie se preguntaba si por fin se habría recuperado o por fin habría muerto. Pegaba la oreja a la puerta del piso de la mujer, en busca de indicios de vida, imaginándose una escena sórdida justo al otro lado de la puerta.

Pero no. Eso se acabó. A seguir con su día, con sus botas negras y sus calcetines a juego. Era responsable, su abrigo combinaba con el pronóstico del tiempo, y tenía la esperanza de que alguien se fijase. El mundo adulto era más luminoso. Una longitud, una latitud puntual. Un vagón de metro del tamaño de un vagón de metro. Un trayecto para el trabajo que nunca duraba más de lo que debía. Al menos nunca por culpa de ella. Todo del tamaño que siempre había tenido, y que siempre tendría. Predecible. Adelantar un pie en el aire y confiar en que encuentre el escalón que busca.

Stephanie había hallado una especie de armonía, tranquila y pequeña como la que más. Una manera proporcional de vivir. Ahora la rama de su olmo estaba siempre donde tenía que estar. La luz del sol se derramaba por su única ventana todas las mañanas en el mismo ángulo. ¡Deja siempre hueco para ti! Eso es superimportante. A veces se llevaba a casa una sopa de tamaño mediano de un bar del barrio, el caldo de perfectas proporciones en su cuenco. Era apacible, un vals, una procesión de existir, sin rodeos, sin escondrijos, nada más allá de lo que veía el ojo.

—¿Eres tú de verdad? —le preguntó Will desde la habitación donde todavía la visitaba a veces en la cabeza.

Pero no: estaba allí, en el mostrador, con un bocadillo en la mano y esperando para pagar.

Tenía la cara más amable y ancha que antes. Eran los años que se había perdido Stephanie, acumulándose en sus hombros, una fisura en la tarde de ella. El mundo se infló para acomodar la llegada de él.

—¡Ah! —dijo y se llevó una mano a la boca.

Ella había estado siguiendo sus propias normas. Nada de espacio extra, para nadie. Pero, claro, había sido fácil. Sin deseo de por medio. Llevaba siglos sin anhelar nada.

—Quita —le dijo.

Cuando él le pagó la sopa, al armario bajo la caja registradora se le pujó la carpintería.

—Me alegro de verte —le dijo ella poniéndole una mano en la muñeca para apartarla acto seguido.

—Me habían dicho que vivías por aquí cerca, pero no estaba seguro.

Estaba en la ciudad por un viaje de trabajo, todavía sin billete de vuelta, o eso dijo. Fueron andando con los almuerzos en la mano. Ella imaginó que pronto él tendría que irse a algún sitio, y ese anticiparse a su partida le calentaba la nuca. Una rojez floreció en su pecho. El sol, todavía cálido antes de su retirada, resplandeciente sobre la acera resbaladiza, mientras atravesaban las rutilantes figuras de bronce que se extendían por el cruce y recorrían la calle principal y más allá.

Vadearon torpemente una conversación. Las extinciones, el clima y su inestabilidad, los informes de estaciones fragmentadas: primavera naciente, otoño repentino y una nueva llamada entreinvierno. Will le preguntó a qué se había dedicado desde que se licenció y ella reajustó sus tiempos en la carretera para que sonara a aventura. Stephanie intentaba atrapar la mirada de Will, pero este apartaba la vista. Eso estaba bien. Le permitía contemplarlo a él con toda la fuerza de sus emociones. Menos pelo. La chepa, más marcada.

—El caso es que... —dijo Will y Stephanie se quedó inmóvil—. Debería decir algo sobre eso —añadió mientras entrelazaba los dedos, volvía a soltarlos y se presionaba las palmas contra los muslos.

Habían terminado la comida sentados en un banco, y Stephanie aguardó expectante. Esperaba que él expresara remordimiento, enterrara la cara en las manos o sugiriera que diseccionaran todo lo ocurrido. Que se responsabilizara, que la aliviara de la culpa. Él arrugó el envoltorio del sándwich en un gurruño de aluminio y papel.

«Me siento mal —se lo imaginó diciendo—, no sabes cómo me arrepiento.»

«Yo también», respondería ella, y luego haría una mención de pasada a Doris, aludiendo a las cosas que él había dado por sentado.

«Lo siento.» Un cuarto en la mente de Will, como lo describiría él, igual que el que tenía ella en la suya, donde durante todos esos años él la había visitado a ella.

Y ahí es donde se había escondido la imaginación de Stephanie sin avisar, en ese cuarto que había en su propia mente bajando por un tramo de escaleras, un registro más profundo de la conversación. Allí escuchaba todo lo que deseaba escuchar, hasta que el momento caía por su propio peso, cosa que siempre pasaba. Unas escaleras plegándose como un acordeón hasta quedarse en un paquete compacto. Todas las palabras, inaudibles. Desde ahí, Stephanie iba a parar a otra habitación, una especie de vestíbulo más bien, que la llevaba de vuelta a la superficie del momento vivido.

—Ojalá supiera qué decir —dijo Will.

Ella vio cómo la conversación entre ambos se disolvía con el mero contacto con la realidad. Un camión tocó el claxon y Will se encogió de hombros. Del bolsillo sacó un postre para los dos. Ella se dio cuenta de que, según él, se había disculpado, o al menos había ofrecido algo amoroso, cuando en realidad no le había ofrecido nada de nada. Parecía afligido, lo que quizá no fuera suficiente, pero Stephanie decidió que bastaba. Rellenó el defectuoso momento con algo de su propia invención. Un donativo a la inadecuada trama de la vida.

Su hermana, en la cara opuesta del mundo, solo un fragmento astillado de Stephanie, levantada por una brisa y arrastrada hasta un reino imaginario.

—Y el caso es que… no llegamos a volver a hablar —dijo por fin Will, que la miró a los ojos mientras apretaba un trozo de galleta entre el índice y el pulgar.

«Madre mía, yo ahora mismo de verdad que no tengo energías para esta historia», dijo su hermana, cuya cara indignada se reflejaba del revés en la pátina mojada de la acera.

—¿Aquí es donde vives? —preguntó Will.

Se vieron unas cuantas veces más antes de que él la acompañara un día a su casa, doblara por la esquina de la basura y subiera los siete tramos de escaleras. Estaba ahora acariciando el brazo del sofá, por donde la tela se había desgarrado por el uso y había dejado a la vista la espuma amarilla.

—Aquí vivo. El alquiler está muy bien.

—¿No puedes agrandarlo? —le preguntó con una sonrisa burlona.

—No, no, eso ya no lo hago —dijo avergonzada.

Stephanie le rozó el hombro al pasar camino de la nevera, cogió dos latas frías del estante. Se bebieron las cervezas rápidamente y Will volvió a su hotel.

—Si quieres te puedes quedar más rato —le ofreció ella.

—Reuniones a primera hora.

La siguiente vez la siguió a la cocina y la abrazó por la cintura, por detrás, apoyando la barbilla en la coronilla de ella. Lo hizo unas cuantas veces más, mientras que en otras ocasiones no se acercaba a ella para nada. Tan solo el sofá, la cerveza y las reuniones de él a primera hora. Luego hubo una noche en que ella preparó un té y las manos de él por fin bajaron hasta su cadera y luego más abajo, mientras iba haciéndole atravesar el cuarto lentamente. Él le desabrochó la blusa.

Todas sus visitas sumadas eran un único recuerdo para Stephanie, y tiempo después se preguntaría si realmente hubo veladas distintas o si había extendido a Will por la historia para que durara más.

—Espera —le dijo él ayudándola a sacar un brazo por la manga.

Pero ¿quizá eso había pasado antes?

Stephanie no podía creerse que él estuviera tocándola. Incluso en sueños, donde todo iba a favor, él solo la deseaba menos de la mitad de las veces.

Se lo volvió a preguntar, pegado a su cuerpo, en la alfombra. Ella lo sintió crecer contra sí. Él quería saber. Que si puedes agrandarlo. Lo que sea. A mí, a ti, a nosotros. Enséñamelo. Él le peinaba con los dedos por debajo del pelo, rastrillando los mechones hacia fuera, apartándolos.

—Echo de menos cuando me lo enseñabas…

—No puedo…

—Solo una vez —insistió él, que la besó en la frente dejando la boca abierta contra su piel.

Y entonces lo complació. Quiso hacerlo, por él. Él la había rescatado. Recordó el mar Egeo, una exploradora perdida sin atlas. Varada. Ella se había lanzado al olvido, pero ahora él estaba allí. Ven en mi busca, había gritado desde la parte más íntima de su corazón. Él la había encontrado. Estás aquí. La tenía abrazada. Escogió la alfombra e hizo que se moviera, el dibujo de espiguilla se extendió. Él se adentró entonces en ella, con vehemencia, su boca, cálida contra el cuello de Stephanie, una sensación creciéndole por dentro, expandiéndose en algo que, por grande que fuera, siempre permanecería invisible.

Para cuando Annie regresó al trabajo, el mundo era ligeramente más grande que antes. Stephanie había roto sus propias normas al menos una docena de veces. Había alargado los armarios de la cocina del techo al suelo y Will se había quedado embobado. ¡Parecen vestidores!, dijo haciéndole un placaje en la cama sin somier, besando sus pechos y bajando hacia la barriga. Él había alargado su estancia indefinidamente. Tenía un trabajo flexible, un poco como Stephanie.

—No me quiero ir, todavía no —dijo incorporándose sobre una almohada a su lado.

¿Acaso era la primera vez que ella existía para él? Daba igual. Él había existido en ella miles de veces, era el acontecimiento recurrente de su vida. Era irreal, pensó Stephanie, esa forma en que un anhelo, recordado, podía convertirse en una premonición. Cogió un joyero que tenía en la mesilla de noche y aumentó sus dimensiones, con la colorida tapa de cristal reflejando el sol en nuevas configuraciones, salpicando de dorado, naranja y verde la cara de Will.

—Nadie más es capaz de hacer lo que tú.

—Eso no lo sabemos.

En la cena con Annie y Edward, Stephanie estaba aturdida. La neblina de sentirse amada había descendido alrededor de su cuerpo y todo sucedía a cámara lenta, una gelatina apenas volcada del molde y asentada. Asentarse. ¿Qué significaría eso? Mira qué vida la de esta familia, la cama al lado del horno, la flamante mesa de comedor, las sillas, y la cría, a caballito en la rodilla del padre. El mundo, una colección bien seleccionada de cosas que desear. Stephanie no se había planteado qué opciones tenía.

Annie iba de un lado para otro de la habitación, dándole la bienvenida, ofreciéndole una copa, parloteando sobre el tamaño del piso, lo pequeño que era. Edward, bromeando sobre un armario empotrado que tenían lleno de pañales. A Stephanie el ruido blanco del frenesí y del bochorno de su amiga le lamía los pies en agradables oleadas. Nada le penetraba los oídos durante más de un segundo. Sonreía con todo lo que hacían, se fijó en los hojaldres de supermercado de la encimera, los que cada mañana adornaban la mesa de su compañera. Una risa se apoderó de sus pulmones. Su corazón buscó un sitio donde guardar todo lo que no podía contener, las palmas extendidas, creando un recoveco donde guardar esa felicidad para más tarde. Y ahí lo tenía, el breve y familiar emborronamiento de sus sentidos. Cuando asió el pomo del armario empotrado con la mano y lo giró, la terraza apareció totalmente formada, como si hubiera caído por completo de otro mundo. Stephanie atacada por dolores, unos temblores contrayéndose detrás de los ojos. Ni siquiera sabía lo que había hecho hasta que fue demasiado tarde.

Qué caras que pusieron. Qué dicha más absoluta en aquellos rostros.

Stephanie paseó por la terraza fingiendo normalidad, mientras se le acumulaba la presión y le irradiaba por la cabeza.

—Joder, qué espacio más guapo —dijo.

¡Estaba dándose la enhorabuena a sí misma! Nunca había creado algo tan grande, tan completo. Había una sombrilla, una barbacoa y lucecitas parpadeantes. Unas enredaderas subiendo por la forja de la balaustrada. ¿Las había parido ella también en algún punto de su alma? Annie y Edward, por su parte, se comportaban como si no pasara nada remotamente inusual. Su amiga contó la historia de los gastos de la inmobiliaria, y tal, y tal. Rose balbuceaba en aprobación.

Se pasaron horas en la terraza, mientras recargaban copas y platos. De hecho, Stephanie se fijó en que cuanto más tiempo pasaban en la terraza, más sólida parecía bajo los pies. Rosie respiraba profundo contra el pecho de Edward, y Annie irradiaba una bendita tranquilidad, con el flequillo aleteándole a cada ráfaga de aire fresco. Y sí, esa forma en que la brisa se sentía en los brazos de Stephanie, dándole escalofríos por la columna, la manera en que llevaba un suave olor a mar hasta su cara y se la bañaba con él.

Al acabar la noche los ayudó a llevar los platos al fregadero. Observó las miradas que intercambiaban a escondidas. Creían haber descubierto algo nuevo, pero ella les había dado a conocer algo antiguo.

—Qué bien lo hemos pasado. Sobre todo esta pequeñaja —dijo Stephanie saliendo ya para la calle y tirando del pie de Rose.

—Gracias por venir hasta aquí —dijo Edward.

—La próxima, en mi casa.

Pero Stephanie se imaginó a la mujer del primero, con sus sollozos, que se habían reanudado hacía poco. Se imaginó a Edward en la parte hundida del sofá de su casa, por donde la espuma se había quedado aplastada.

—¡Eso está hecho! —dijo Annie envolviéndola en un abrazo.

Cuando unas semanas después volvieron a invitarla, Stephanie supo por qué era. No le molestó. ¿Quién podía culparlos? Se acordó del abrazo, que había sido cálido, genuino. Podía hacerles ese regalo, quitárselo, seguir dándoselo. No le costaba nada, y eso era bueno. Lo gratis era bueno.

—Esa gente no es amiga tuya —le dijo Will; ella sacó una bolsa de ensalada y la echó en un cuenco—. Lo único que quieren es que hagas sitio en sus pequeñas y estúpidas vidas —dijo.

—Eso no es justo. Me dan pena.

—Te están utilizando. ¿Es que no te das cuenta?

—Annie siempre se ha portado bien conmigo, mucho antes de que yo tuviera algo que ella quisiera. Yo no era nadie. Me sentía sola. Es complicado.

—¿Y qué quieres tú?

—Podríamos hacer nosotros lo que han hecho ellos —susurró Stephanie, con la vista clavada en la ensalada y en voz tan baja que no le quedó claro si las palabras le habían salido siquiera de la boca—. Un pisito. Una familia.

Él sonrió pero con un ceño fruncido al otro lado de la expresión. La abrazó entonces, con fuerza, tan fuerte que le hizo olvidar que no había respondido ni a una palabra de lo que había dicho.

Stephanie dejó que Annie y Edward se tomaran su amistad como mejor les conviniese, una y otra vez. Ella se probó la vida de ellos, a ver cómo le quedaba, jugando a las casitas. Le daba igual por qué la necesitaban. A ella le gustaba. Le gustaba que la necesitaran, que la invitaran, que la incluyeran. Cada vez que aparecía la terraza, qué caras. Incluso la pequeña, Rose, tan dulce y con sus mofletes pegajosos. Le confiaban a su hija. Cuando no miraban, Stephanie le agrandaba el parque cuna, se lo ensanchaba más y más, y Rose se reía, venga a reír. Stephanie nunca la pegó demasiado al borde de la terraza. Lo tenía controlado. No la dejaría caer, la abrazaba contra el pecho, haciendo que la hierba creciera hasta ella, una y otra vez.

Will se fue por trabajo, volvería en primavera. Se lo prometió. Stephanie se lo hizo jurar, igual que en el baño de la residencia hacía tantos años. Podía esperarlo un poco más.

Entretanto, ella se probó la familia de Annie para ver cómo le quedaba. Incluso Edward era atractivo, con esa amplia sonrisa toda dientes, y su inspirada cocina. Él le ponía una palma en la parte de debajo de la espalda como diciendo, ven, estamos aquí. Únete a nosotros. Annie le pasaba un brazo por el hombro y Edward bailaba con las dos a la vez. Pasaron Acción de Gracias y Fin de Año en la terraza, entre bromas, canciones, los fuegos artificiales a lo lejos. ¿Dónde estaban? ¿Cuándo estaban? No importaba. Edward le dio un beso en la mejilla, y ella, radiante de felicidad.

La pareja tenía anécdotas infinitas: las vacaciones relámpago en Italia, el amigo famoso que vivía en una isla privada, la vez que se involucraron a regañadientes en una tensa batalla legal por una herencia.

—Terralatos —le susurró Edward cuando Annie entró en el piso para traer más aperitivos.

—¿Cómo?

—Son como pequeñas fábulas. Mentirijillas. ¡No le digas a Annie que te lo he contado! —Se rio y le rellenó la copa—. Deberías inventarte tú la siguiente. Es divertido.

Stephanie escuchaba aquellos Terralatos y se preguntaba qué partes eran ciertas. La verdad estaba sobrevalorada, comprendió. Saber que ciertas partes eran ficticias, eso era lo que le inundaba el cuerpo con una calidez abrumadora. Eso era amor, reconocer las invenciones y las inconsistencias que completaban a una persona.

Una vez que estaba el váter roto, Edward meó por el borde de la terraza y ella tuvo que reírse. Nunca nadie había hecho sus necesidades delante de Stephanie, ni al aire libre. Echó la cabeza hacia atrás y fingió que compartía la gracia.

—¡Mira que eres guarro! —le dijo Annie a su marido, y a Stephanie la abrumó el cariño que sintió por ellos en esos momentos.

Eddie, lo llamó ella, en vez de Edward. Las letras tiradas por la borda, la intimidad que provocaron, la forma de la amistad cambiando para rellenar un nombre nuevo. Rosie, dijo. Le habría gustado que su nombre también perdiese unas cuantas letras, pero siguieron llamándola Stephanie. Estaba encaprichada con todo. Pronto Will volvería con ella. Y ella estaba enamorada de la familia de Annie. ¿Por qué no reconocerlo? En su mesa, más clientes, más responsabilidad. Trabajaba con una sonrisa en la cara, desprendiéndose del fango de los años que no habían tenido sentido. Se había pasado la vida echando en falta unas instrucciones para un mundo que ocurría justo en la habitación de al lado. En uno de sus paseos Stephanie alargó la rama de un árbol para poder llegar con la mano, coger una hoja y ponérsela en el pelo. ¿Qué más daba si alguien la veía? Quería que la viesen. Nada de estar aislada, de ser invisible. Ancha, inevitable, presente.

Su hermana al otro lado del mundo, ¿estaba también ella contenta? Era lo único que le quitaba el sueño por las noches. Stephanie imaginaba una terraza en algún punto de una longitud opuesta, donde su hermana sintiera una brisa, la misma que acababa de envolver los hombros de la propia Stephanie. Quizá la terraza de su hermana fuese real, o puede que alguien más le hubiera hecho espacio para que existiera.

«No tengo por qué hacer siempre lo que tú me digas», replicó su hermana, que de un manotazo desmanteló la terraza entera.

«Puedes hacer lo que tú quieras», repuso Stephanie.

«Lo que yo quiero es estar tranquila en mis pensamientos, no en los tuyos.»

Stephanie maniobró por la discusión hasta que aterrizó en algún punto fuera del tiempo, en el sueño.

En el trabajo habían movido la mesa de Annie a una planta distinta y Stephanie fue a llevarle un hojaldre. Pero su amiga no estaba allí ni tampoco donde la fotocopiadora. Se encontró vacío su cubículo. El correo había llegado unos instantes antes avisando del cambio de personal, de la salida de Annie y los logros en ventas de Stephanie. «Despedida» era una palabra y «clientes» otra, y ambas aterrizaron en Stephanie con densidad y volumen.

Ella no sabía que se había estado quedando con los clientes de Annie. ¿Era cierto? Su trabajo..., no era eso lo que ella pretendía. Fue hacia los ascensores, avergonzada, y vio allí a su amiga parada, enjugándose la nariz en la manga. Una caja con libros, una maceta bajo el brazo. Annie apartó la vista.

—Me acabo de enterar. Oye, lo siento muchísimo.

Su amiga volvió a pulsar el botón para llamar al ascensor intentando contener algo. El llanto, o puede que algo peor. Lo pulsó una vez más.

—¿Tú también te ibas ya? —le preguntó.

—Sí, estaba a punto de irme.

Mentira. Tenía el corazón a mil por hora. Normal que estuviese tan feliz. Había estado cogiendo, cogiendo y cogiendo. No hay suma sin resta. Ah, una interpretación imperialista. Stephanie se preguntó si sus escasos momentos de felicidad siempre los había sacado a sifón de otra persona. Había gente cuya felicidad era exponencial, ella lo sabía. Hacían más feliz al mundo con solo ser felices en él. Su hermana..., seguramente una de ellas.

—¿Por qué no te vienes a casa? —le dijo Annie.

—¿De verdad? ¿Ahora?

—Ahora —respondió Annie sujetando la puerta.

De pie a su lado en el ascensor, Stephanie deseó poder hacer más espacio, como un gesto entre amigas. Una bandera blanca. Pero no, sería delatarse demasiado. Stephanie sentía la frialdad en la mirada de la otra, el silencio de ambas, contenido, amplificado y centrifugado. Quería aporrear las paredes o apretar el botón de emergencia, las lágrimas saltándosele con un inesperado sentimiento de pérdida. Quería el mundo perfecto, la frase adecuada que sacara la risa silenciosa de Annie, que le redondeara las mejillas y se las sonrojara. Annie la pilló mirándola desde el otro lado del ascensor y apartó la vista. Comprendía que su amiga la necesitaba en esos momentos. Pero solo por la terraza. Estaba bien sentirse necesitada, aunque fuera por las razones equivocadas.

—¿Te llevo la caja? —le preguntó.

—No —respondió Annie.

—Puedo ir a casa a veros —le dijo Stephanie a su padre por teléfono.

—Ah, no, no querríamos causarte molestias. —Él tenía la voz angustiada y temblorosa.

—No es ninguna molestia. Estaría bien.

—Pero el viaje aéreo… —dijo su padre en tono enigmático, como si los aviones fueran una cosa que solo existiera en los libros de Historia.

—Tengo algo de dinero ahorrado.

No hubo respuesta, solo el sonido del espacio muerto.

—¿Está mamá ahí?

—Te manda saludos.

Si le hubieses preguntado a alguien sobre el mundo en esa época, habría mostrado una preocupación moderada. «La materia en cuestión es la materia», dijo el jugador de lacrosse a la clase de Ciencias. Ya no jugaba al lacrosse, y ¿era la materia en cuestión la materia? No lo sabía. Sus clases estaban dirigidas a aprobar los exámenes estatales y no estaba muy preocupado por ese problema en particular. Acababa de volver con David y quería que las cosas salieran bien. Estaban planeando unas vacaciones a Hawái cuando terminara el curso. Querían nadar entre los mamíferos marinos que todavía sobrevivieran, ¡no era tanto pedir! Había más gente planeando vacaciones. El primer atisbo de desastre ya había llegado, se había instigado por su cuenta en las esquinas de la trama, pero nadie sabía dónde tenía que buscarlo.

En primavera Will regresó, como había prometido. Stephanie había limpiado el piso. Le había hecho brownies con un preparado de sobre, para más tarde. ¿Qué sería lo primero que le contaría él? ¿Qué detalle revelaría la presencia de otro detalle?

Quedó con él en una cafetería y allí lo encontró simpatizando con una mujer, algo mayor. Llevaban los dos zapatos elegantes y trajes caros. Stephanie se alegró de haberse arreglado para la ocasión. Se echó el pelo hacia delante y luego se lo dejó caer hacia atrás, se ajustó el pantalón y la blusa y se miró en el escaparate antes de entrar y saludarlos. Su hermana, en algún punto más allá de su reflejo, vigilando su expresión en un espejo, a miles de kilómetros de distancia.

—Hola, creo que no nos han presentado —dijo Stephanie.

—¡Perdona por la encerrona! —se excusó Will—. Trabajamos juntos. Tenía muchas ganas de conocerte.

—Ah, vaya, hola —dijo Stephanie—. Qué abrigo más bonito.

—Gracias. No es mío. Me equivoqué en una fiesta y me llevé el que no era, ¿te lo puedes creer?

—Lo que no tiene sentido es que todavía no lo hayas devuelto —dijo Will sacudiendo la cabeza.

La mujer lo ignoró y le dedicó una sonrisa a Stephanie.

—He oído hablar tanto de ti —dijo la mujer, que tenía una libreta y un bolígrafo sobre la mesa.

—Espero que solo cosas buenas —respondió Stephanie riendo.

—Sí, cosas alucinantes.

Stephanie se sonrojó y respondió:

—Bueno, seguro que Will ha exagerado. —Estaba nerviosa, pero eso era bueno.

Él estaba presentándole a una persona de su entorno. Pidió una bebida rara y frívola con nata montada, y se pusieron a hablar las dos de Will, de la historia compartida y las valencias en la vida de cada una de este personaje en común. A Stephanie le sorprendió porque no parecían solaparse mucho. Se quedó esperando una coincidencia para intervenir, o para ofrecer alguna glosa a las historias de la mujer que las condujera ante una puerta a un territorio común. Pero cada anécdota terminaba en un lugar que no había previsto, lo que la dejó con una sensación fría y de gran soledad.

—Sí, justo —dijo cuando la mujer describió a Will jugando una partida de squash increíble; Stephanie jamás lo había visto con una raqueta en la mano o haciendo deporte alguno.

—Sé que quizá tendríamos que charlar más—siguió la mujer—, pero es que estoy tan emocionada de estar aquí, de estar conociéndote. Estoy superemocionada de que quieras trabajar con nosotros.

—¿Trabajar con vosotros? —Stephanie miró a Will, pero este ya estaba interrumpiendo a su amiga. Porque ¿era su amiga?

—No, no —intervino Will—, todavía no hemos acordado nada.

—Claro que no. Estoy vendiendo la piel antes de cazar a la osa. ¿Sigue habiendo osos? Tú tienes la última palabra, Stephanie. Por supuesto.

Se estremeció al oír su nombre en boca de aquella desconocida. Ay, qué cliché andante, la pobre, siempre pensando que la gente está obligada a hacer lo mismo una y otra vez hasta el fin de los tiempos. Es lo que tienen los clichés. Todo el mundo cabe dentro de ellos, y por eso es inevitable que todos se sientan don nadies. Miró a Will, al otro lado de la mesa, y lo vio ya formulando una excusa. Había vuelto a hacerlo, ¿verdad? Lo había contado. «Se lo has contado», intentó decir, pero no le salieron las palabras. Tan solo un sonido extraño y breve que acabó detrás de la lengua.

A punto estuvo de tirar la mesa de al lado cuando se levantó intentando no cruzar la mirada con ellos.

—¡Tú no pidas perdón, tranquila! —le recriminó una chica, echando la silla hacia atrás y riéndose tras su taza.

—Venga, Stephanie... —dijo Will.

Salió a trompicones, deseando que él no la siguiera. Sin embargo, la puerta del bar osciló una y luego dos veces sin cerrarse. La sensación de lanzar una salida a las manos de otra persona. Will la cogió del codo y la llevó hasta la siguiente esquina.

Fuera el cielo estaba tan bonito, era una disculpa grandiosa. Nubes articuladas que estallaban en colores. Stephanie se sintió aplastada y se obligó a bajar la vista. Estaba todo en movimiento, recordó, aunque parecía totalmente quieto.

—Vamos a ver. No estás pensando con claridad. ¡Lo único que intento es ayudarte!

—Ayuda… —dijo Stephanie, que no tenía claro si estaba repitiendo lo que había dicho Will o pidiendo auxilio.

—El tipo para el que trabajamos… Bueno, me imagino que no lo conocerás. Pero es un pez gordo. Tiene una subcontrata del ejército y… Mira, Stephanie, sé que para ti es algo personal, pero ¿no estás siendo un poco egoísta? —preguntó—. Piensa en las posibilidades.

—Para eso pasabas por la ciudad. ¿Reuniones? —Hizo una pausa antes de añadir—: Por eso querías estar conmigo.

—Claro que no —dijo. Pero vaciló.

La gente los miraba. ¿Qué clase de detalles se estarían inventando sobre la vida de Stephanie? Algo con lo que echarse unas risas luego. Cómo había acabado en aquella esquina con Will… si le preguntaran a esa gente, ¿qué diría? Stephanie quiso hacerse más y más pequeña hasta que no quedara nada de ella. Ningún indicio de su existencia, nada por lo que mereciera la pena preguntar. Ni un ápice de información que diera pie a una historia más larga.

—¿Para qué has venido, Will?

—Tus habilidades no son moco de pavo —dijo sonriendo—. Formaríamos un equipazo, los tres juntos. Subvenciones, diplomacia, poder de verdad. ¡Títulos honoríficos!

Stephanie dejó de escuchar más o menos por la palabra «pavo». Una expresión ofensiva para los pavos, que además se habían extinguido. Su antiguo amigo habría pensado lo mismo. Will había sido presidente del club de observación de aves. Había leído cómics en el túnel que ella había creado en la residencia, sus largas piernas estiradas por el suelo. Una vez él le había hecho un cuadernito con recortes de papel para que ella apuntase allí sus sentimientos. Intentó recordar más cosas mientras daba media vuelta y se alejaba. La camiseta azul con el chiste sobre reciclar: «A dar la lata, la botella y el vidrio». La guitarra que solo le oyó tocar una vez, él sentado en el suelo en medio del pasillo. Una canción con un ritmo predecible. Todo el mundo podía canturrearla. Y lo hicieron. Su cabeza vista desde atrás, su nuca sobre la almohada. Echado en la cama, lo que sentía cuando le veía irse y la dejaba allí. Hace un día increíble para tener un examen parcial, protestó. Los momentos antes de dormir. Su manera de hacer pausas para que los demás rieran. Su habitación de la residencia, el olor a velas baratas. Es que son velas de sabores, no de olores, dijo él. Y a ella le pareció gracioso.

La voz de Will alejándose del resto de la gente entre los rumores del día. De haberle preguntado a cualquier transeúnte, ninguno se habría acordado de que Will y Stephanie habían estado parados ahí en la esquina de la calle.

De camino a casa, la esquina hasta arriba de basura, unos bocinazos en la calle vacía. ¿Quién estaba alertando a quién? Y, en la distancia, un tubo de escape petardeando. Al otro lado de la calle, un río en paralelo al bordillo por el que cabeceaba algo mugriento y reluciente. Un ratón largo y flaco corriendo a sus pies, sin inmutarse ante Stephanie. Galopó cerca de sus dedos. Se preguntó si realmente estaba allí. Ya desaparecida. El roedor sabía que ella no era nadie.

Pero fue más que nada la camilla lo que hizo que se parase a pensar. Ese habría sido el momento a analizar con más detenimiento. La inquilina del primer piso estaba en una bolsa negra y el umbral de su piso precintado. Unos auxiliares de ambulancia estaban riendo en los escalones de fuera. Veían un vídeo de un baile que había recibido más de un millón de visitas.

Stephanie subió los siete tramos de escaleras y se encontró con la puerta de su piso abierta. En la cocina, había cosas cambiadas de sitio que no habían vuelto a su lugar. La bandeja de brownies en medio de la mesa.

La mujer de la cafetería acechaba: el abrigo robado, sobre el respaldo de la silla.

Stephanie se retrajo hasta la pared, pero algo en el aire se elevó hacia ella y se detuvo. No había arma, ni amenaza visible. No había nadie a la vista, pero tuvo la sensación de que acababa de haber, de que pronto habría.

En cualquier caso, nunca había sido su hogar. No realmente. ¿Dónde estaban las pruebas de que allí vivía alguien y de cómo vivía? ¿Quién había comprado esos cojines y ese plato? No recordaba las decisiones que habían llevado al desorden de la mesa, del estante. La sensación de peligro mutó en culpa, y Stephanie sintió un horror distinto, peor. Una versión de este momento en el que ella había sido la intrusa todo ese tiempo.

Luego, en un vagón en movimiento, con la bandeja de brownies sobre el regazo. Debería haber abandonado el piso. Y después de eso, parada delante de un edificio distinto en la otra punta de la ciudad. Al echar la vista atrás y analizar el orden de los acontecimientos, Stephanie intentó rememorar las transiciones, pero ninguna había quedado para el recuerdo. Los momentos estaban uno al lado del otro, sin más, no llegaban a juntarse, avanzaban hacia la misma conclusión, pero lado a lado, no en fila india.

Edward, que había salido del bistró de la esquina, venía hacia ella.

—¿Stephanie? —dijo sonriendo.

—Hola —dijo ella.

No había sabido adónde se dirigía ni por qué. Sus propias interacciones se revelaban como algo distinto a ella, acercándose con la bofetada de tráfico en dirección contraria.

—Si subes conmigo... —dijo Edward—. Sé que es una tontería, pero creo que una disculpa ayudaría. Tú déjalo caer a ver qué pasa.

—Claro que sí —contestó.

—¡Verás cómo todo sale bien! —Lanzó a Rose en el aire y la niña gritó con un terror de deleite—. Déjame que suba yo primero para que Annie no sospeche.

Esperó diez minutos antes de llamar al timbre.

Corriendo manzana abajo, un hombre gritando por el móvil: «¡Yo no tengo por qué aguantar esto!».

En una ventana alta, alguien escuchando una vieja canción por unos altavoces cutres. No, era una nueva versión de una vieja canción. Los altavoces hacían que sonara más cerca del pasado.

Podía haberse ido sin más. Esos diez minutos podían haber trascurrido de otra manera. Más tarde Stephanie haría las cosas de forma distinta en su cabeza tantas veces que empezó a creer que había cambiado el incidente, que no recordaba bien. Hacía las cosas bien, en retrospectiva. Aunque eso no contaba...

—¿Puedo pasar? —preguntó.

—Claro —dijo Annie, a la que le cambió la cara, y luego, su sonrisa escondió otra expresión.

Tal vez si su amiga no hubiera sido tan cortante, si no hubiera enseñado los dientes. Si no hubiera entornado los ojos ante la bandeja de brownies o no hubiera mirado de reojo a Edward. Quizá entonces Stephanie habría tenido más cuidado.

Stephanie, Annie y Edward de nuevo en la terraza. Su terraza, de ella y de ellos, daba igual. Se disculpó y Annie puso los ojos en blanco. Ya no tenía la bandeja de brownies en la mano, tenía a Rose, y la cría dio grititos y alargó los brazos e intentó encaramarse a las piernas de Stephanie. Su amiga levantó a la cría y ella las observó juntas, madre e hija. Sintió una especie de punto final, pero no con Annie y su familia. Con el mundo. Donde no era bienvenida. No podía volver a su edificio, ni volver con Will. No podía ir a ninguna parte. Una nueva clase de soledad, una absoluta. Una que dilapidaba cualquier otro impulso. Se preguntó qué haría falta para irse de allí para siempre. No sabía cómo hacerlo, pero fue su cuerpo quien lo hizo.

El cuerpo, bloqueando la puerta.

Annie, a salvo en la cocina, lavando los platos en el fregadero.

Reflejados en el pomo de la puerta, Stephanie veía a Edward y a Rose tras ella, todavía en la terraza, sus figuras redondas y pequeñas, con su cuerpo en primer plano de la escena. Estaban los tres contenidos en una burbujita de bronce.

Un pensamiento fugaz: si acabara con su vida, ¿acabaría también con la de ellos? Stephanie no las tenía todas consigo.

Estaba a punto de hacer algo terrible. Siempre había asumido que nadie la entendía, pero eso era porque creía que los acontecimientos pasaban en un orden. Todavía no había conocido a la peor versión de sí misma, la que todos los demás habían anticipado. Ahora la gramática de su vida se puso por fin de acuerdo y se le deshizo el nudo del estómago. El corazón le latía con fuerza. Había visto cómo sus amigos inventaban sus Terralatos, mentiras para poblar el espacio exterior. Stephanie haría lo opuesto. Cogería algo que había considerado falso sobre ella y allí, en la terraza, lo volvería verdad.

Aunque todavía habría podido cambiar de parecer, su cuerpo ya había decidido que era demasiado tarde. Stephanie cerró la puerta de la terraza, clic. El canto de los pájaros, el sonido del viento cogiendo fuerza y corriendo a rellenar algún contenedor invisible. La punta del grito de Annie llegando a través del umbral que se desvanecía. Por una vez, no había nada borroso. Todo era terso y preciso, las líneas deliberadas de una decisión que no puede ser rebobinada. La terraza se realzó y se extendió en una única línea punzante. Stephanie sintió un tirón, un dolor que la cubría entera. Sintió también la presencia de Edward y de Rose. Su cuerpo, desgarrándose en dos y luego volviendo a unirse de golpe, con esa irrevocabilidad que solo está presente en los momentos catastróficos.

Tiempo después, Stephanie pensó en los anillos de los tocones tras la casa de los Madison. Había añadido anillos donde no había. Eso no era hacer espacio... eso era hacer otra cosa.

Hincó las rodillas en el suelo y no se levantó hasta que Eddie la cogió por debajo de los brazos y la hizo ponerse en pie.

A un lado de la puerta de la terraza existía Annie. Pero cuando volvieron a abrir la puerta, Annie no existía. Ya no había Annie que valiese. Estaba en su antigua cocina, aturdida, buscando a su familia. Stephanie entendió al instante, probablemente porque había hecho los cálculos de antemano, la triste geometría de extraer a esa familia y colocarla en otra parte. En otro tiempo. La impresión de entrar al piso vacío, en el que Annie no existía, de estar en otra parte y luego acabar en ninguna parte. El fuerte olor a acetona le penetró en las narinas, le escoció e hizo que se le humedecieran los ojos.

—Oye, ¿estás bien? —le preguntó Eddie desde el cuarto de la mente de Stephanie.

Pero no... estaba allí, a su lado. Era como si el cuarto y la realidad se hubieran intercambiado, y se dio cuenta de que su vieja vida, la que habían conocido hasta hacía nada, ya solo estaba disponible en sus sueños.

Había pequeñas diferencias al otro lado de la puerta. Un mundo por la tangente. Los cuervos todavía no se habían extinguido pero la mayoría del resto de aves sí. Otros cambios mayores. Las estaciones se habían fracturado en astillas demasiado pequeñas para tenerlas en cuenta. Los aviones, algo que solo salía en los libros de Historia. Allí todo avanzaba más rápido hacia su conclusión. Un final puede acelerar los acontecimientos en su circunferencia.

Eddie pensó que su mujer lo había abandonado, a él y a Rosie. Al menos durante unos días. Le pidió a Stephanie que fuera a cenar. Además, era la única que lo entendía. Lloró sin cortarse y ella intentó consolarlo.

—Va a volver, ¿verdad? —preguntó Eddie sollozando.

—Seguro que vuelve —le mintió: no había ninguna Annie en ese lado de la puerta.

—¿Qué he hecho yo? —preguntó Eddie.

Stephanie no respondió. Le puso una mano temblorosa en el brazo.

Pero ¿por qué no le cogía Annie el teléfono?, quiso saber. ¿Por qué lo tenía desconectado?

Stephanie estuvo a punto de intentar explicárselo.

Hasta que una noche Eddie se vino abajo y le contó la historia de la terraza, le habló a Stephanie sobre su propio poder especial, como si ella no hubiera vivido cada día de su vida en la calamidad en progreso del espacio vacío y en expansión.

Era como escuchar una nana sobre su vida, pero cantada por alguien de tres pueblos más allá.

—Tendríamos que habértelo explicado —dijo suplicándole perdón—. Nos aprovechamos. Tendríamos que haberte dicho algo. Es culpa mía.

Ella se quedó mirándolo mientras se ponía un delantal y hervía unas ruedecitas de pasta para Rosie. Vio cómo iban calándole los cambios. La lenta verdad floreciente sobre Stephanie. La falta de sorpresa por su parte. La falta de angustia real. La incomodidad. Cómo cambió la actitud de él. Sintió un dolor inmenso por esa persona atraída a la circunferencia del final de ella.

Fue a dejar a Rosie en la cuna y volvió hacia Stephanie en la oscuridad.

—¿Qué has hecho? —le preguntó—. ¿Dónde estamos?

—No lo sé. No lo sé.

Al otro lado de la puerta, no había ninguna Doris, ningunas célebres memorias tituladas *Apegos caros*, con su primera frase, tan citable: «Era el puto peor de los tiempos». De los libros que Stephanie recordaba, faltaban tantos. No había ningún chico de álgebra. No había ninguna Stephanie encargándose de clientes nuevos, robándoselos a Annie. Espió a su antigua jefa en el aparcamiento, buscando las llaves de un coche distinto. Nadie que la tomara bajo su protección. Parecía tan desesperada, allí parada, con tantas bolsas encima. Stephanie nunca había considerado la idea de que su propia presencia pudiera hacer que alguien se sintiera menos solo.

El Gran Cañón estaba, pero no el Mall of America. El Monte Rushmore seguía allí, pero solo reconocía tres de las cuatro caras.

Eddie le dejaba estar por casa. No podía soportar tanto aislamiento.

—No te quiero aquí, pero tampoco quiero que te vayas.

Sabían algo que nadie más sabía. Stephanie merodeaba por la cocina, se sentaba al lado de Rosie a la mesa del comedor, callada, dándole zumo y gusanitos sabor crema de cacahuete. No se atrevía a hablar si no le hablaba él antes. Se preguntaba si, en el caso de intentar decir las palabras correctas, ¿serían palabras nuevas? ¿Sabría siquiera lo que significaban?

Una noche se quedó dormida en el sofá y se despertó con Eddie abrazándola y haciendo soniditos contra su hombro. Stephanie se echó también a llorar y se abrazaron los dos, llorando.

—Lo siento.

—No —dijo él—, no te molestes.

Intentaron pasar a más. Eddie le bajó los pantalones y ella le pasó las manos por los hombros, bajo la camisa. No hicieron ruido alguno. Fueron adentrándose cada vez más en los brazos del otro, poco a poco, pero aquello no se sostenía, no estaba bien. Eddie se apartó y se tapó la cara con las manos. Esa fue la última vez que se permitió ser parte de esa familia. Se puso los zapatos y él la acompañó abajo y le abrió la puerta de la calle. Marcas distintas en el asfalto, normas distintas para el aparcamiento en aceras alternativas.

Se acabaron Eddie y Rosie. Sola. Stephanie desapareció en sí misma. No podía imaginarse un mejor sitio donde perderse. Por supuesto, había momentos de debilidad. Observando a padre e hija en su rutina del domingo desde lejos, siguiéndolos por el mercado ecológico. (¿Qué es esa verdura morada? Otro lado de la puerta.) Bajo el puente peatonal, alrededor de la fuente del parque que estaba seca en todas las estaciones. Al final dejó de seguirles la pista. Cuñas de luz plateada como topes de puerta llegaban a su ventana todas las noches, un resplandor vespertino muy distinto a todos los que Stephanie recordaba. Y la lluvia allí, el sonido contra el tejado, con un punto ligeramente más metálico, cruel y prehistórico.

Le llevó un tiempo averiguar cómo pedir las cosas que quería. Todo parecía difícil de obtener. Por lo general se contentaba con algo aproximado. Por la mente le surcaban pensamientos extraños. Ideas seguidas de la mano de otras ideas que le eran desconocidas. A veces le pegaba por un costado una sensación a la que, por mucho que lo intentara, no conseguía ponerle nombre. La soledad estaba ahí, penetrante, serrada. La dicha rara vez llegaba: un sujetapapeles ovalado con burbujas bajo el vidrio, siempre acercándose a la superficie sin llegar arriba del todo.

Stephanie decidió acabar con su vida. Si, por ejemplo, apareciese una grieta entre el suelo del piso y el techo de debajo, podría quedarse allí para siempre, morir de hambre, congelarse, dormir. Pero cuando intentó presionar la grieta por ese ángulo bien gastado de su mente, no ocurrió nada. Intentó algo más sencillo, agrandar un paquete de galletitas saladas, pero seguía todo igual.

Más tarde esa noche, se quedó mirando las galletitas y el paquete se encogió hasta la mitad de su tamaño.

—Ah.

Quería morir, pero allí, en el otro lado de la puerta, solo era capaz de empequeñecer cosas. El deseo de morir tampoco crecía. No conseguía hacer espacio suficiente para la idea de entrar en acción, y así fue como el impulso de hacer algo al respecto se endureció, se calcificó, permaneció. Como un mero adorno fijo en la mente de Stephanie que, pasado un tiempo, tenía más que ver con vivir que con morir. La sensación permaneció, y ella también.

Quizá Will y sus amigos tenían razón. No se puede sumar sin restar. Tal vez durante todos esos años ella había estado tomando prestado del otro lado de la puerta.

Si le hubieses preguntado a alguien por Stephanie durante esa época, habrían respondido: ¿Stephanie quién? ¿Qué vives, en la Luna? Está todo amenazado. Todo ha desaparecido. El profesor de Ciencias que jugaba al lacrosse, también en este lado de la puerta. «¿Entramos en materia?», preguntaba en sus clases todos los septiembres. Porque sus alumnos a menudo lloraban.

Pero Stephanie… era muy aplicada en el trabajo, podría haber dicho la gente si hubieses insistido. Eso es porque casi todo el mundo la conocía por el trabajo. Inteligente, gris, puntual, callada. Una pérdida de tiempo, tal vez, habría dicho una supervisora. No es de por aquí, habría apuntado otro empleado. O no: no es de ninguna parte. Eso lo dijo el jefe del edificio donde Stephanie acabó trabajando de secretaria durante los diez años siguientes. Nadie tuvo nunca un problema con ella, pero tampoco nadie se echó unas risas a su lado. Empequeñeció su cubículo un par de centímetros. Segura, embutida, pequeñita. Era una voluta de persona en la periferia de la trama, que rara vez se colaba en los sueños o los deseos de alguien.

De vez en cuando se veía con el hombre de turno. Él se había fijado en ella, atraído por la manera que tenía de moverse por el mundo. Alienígena, pensaba él. Alucinante, pensaba. Follar era como adentrarse en otro estado de conciencia. De algún modo ella parecía hacerse más pequeña bajo él —¿llegaba realmente a desaparecer?— y él, a su pesar, se estremecía, tosía, qué vergüenza. Y después, sentado al lado de ella, qué desconsuelo más profundo. Una sensación profana, una añoranza. Echando de menos un lugar que no existía. Rebuscando una ubicación en un mapa. Sin longitud ni latitud. Un amargo hoyo en la barriga. Saldría del piso en plena noche. No le devolvía las llamadas. Y mucho después, en un bar, bebería un poco más de la cuenta. Le contaría al camarero la historia de su antiguo ligue y llegaría a la siguiente frase, que le provocaría gran satisfacción, pues rara vez encontraba las palabras adecuadas para las cosas que le pasaban, pero estas aparecieron como por designio en el borde de su historia: «Una vez que visitas el país de Stephanie, ya no sales de él».

En la otra punta de la barra, Eddie estaba tomándose una copa después de una larga jornada de trabajo. Rosie estaba con la canguro. A veces pegaba la oreja para escuchar lo que hablaba la gente. Ese era su puente fuerte al otro lado de la puerta, desaparecer el tiempo justo para oír la verdad. Oyó de lejos al hombre y se le puso el pelo de punta cuando pronunció aquel nombre. Pero hay un montón de Stephanies en el mundo, pensó Eddie. En ambos mundos, también en el de antes. A él le gustaba pensar que en ese sentido era generoso, al comprender que el mundo no giraba a su alrededor, ni siquiera cuando sentía que sí, que quizá lo hacía. Podía haber sido otra Stephanie. Le podía haber pasado a cualquiera, pensaba cuando echaba de menos a su mujer. A cualquier otro.

Stephanie tenía un dolor en las lumbares que iba cada vez a peor. Llevaba así unos meses cuando alguien de mantenimiento se fijó en ella una mañana temprano en el trabajo al verla como una alcayata sobre el escritorio, con la cara contraída de dolor.

—Tenga —le dijo el hombre tendiéndole un papel con el nombre y la dirección de una clínica gratuita.

Al día siguiente Stephanie se tomó la tarde libre y fue al médico.

—No quiero asustarla, pero nunca había visto nada igual.

—¿Qué me pasa?

—Sus órganos. Son como un acordeón. Como si los hubieran estirado.

La remitió a un especialista, que la invitó a formar parte de un estudio médico. Había otros dos casos como el de ella; el médico encontró tanto a los pacientes como a los facultativos por internet y pensó que tal vez podían comparar notas y poner en marcha una campaña de recaudación. Una nueva enfermedad necesita una nueva ONG.

Una de las ventanas de la consulta del especialista daba a un callejón y a otra ventana del edificio de enfrente. Las dos ventanas se miraban cara a cara, como amantes. Era la clase de escondrijo que antes Stephanie siempre anhelaba. En la ventana de enfrente, un gato atravesó el alféizar y luego se quedó pegado al cristal. ¿Era aquel el gato de su familia, el de hacía tantos años? Para Stephanie, no era más que una sombra de algo casi salvado y después desaparecido.

—Bueno, ¿cómo lo ve? —le preguntó el especialista.

Stephanie le dijo que no.

Volvió andando hasta su piso y se dejó caer con cuidado en el sofá, donde se quedó dormida de cara a la pared. La luz de última hora de la tarde bailaba sobre la pintura. Cuando volvió a abrir los ojos, la luz seguía bailando, pero era una luz nueva. Un nuevo día acababa de empezar.

Quizá fue por ese dolor tan grande. Estaba cansada y dolorida. Tal vez simplemente fuera el momento ideal. Llevaba tanto tiempo sin ir. Esa mañana Stephanie hizo una bolsa de viaje y volvió a casa.

Mientras, al otro lado de la puerta, Annie lloraba la pérdida de su familia. Se eligieron nuevos presidentes..., sí, los que recuerdas. La hija de los Madison vendió la casa de los padres de Stephanie. Y estos se gastaron los ahorros de toda una vida en mudarse a un conjunto residencial para jubilados y se dedicaron a jugar al golf, al bridge y a la canasta. Cuando la gente les preguntaba si tenían hijos, no mencionaban a sus hijas. Decían que no les había costado tomar la decisión. ¿Para qué molestarse en tener hijos cuando tenían una vida tan plena? Eran solo ellos dos. Les sobraba y les bastaba. Se juntaban en la piscina los jueves para el club de lectura y el primer martes de cada mes ponían la casa para una cena en la que cada invitado traía algo.

Al fondo de un cajón, la madre seguía teniendo una foto de los cuatro juntos.

En el lado de la puerta de Stephanie, el chico de álgebra nunca se casó con la hija de los Madison porque él ni siquiera llegó a existir. La hija de los Madison (aquí se llamaba Beth, allí había sido Lucy) nunca se metió a trabajar en una inmobiliaria, nunca llamó a nada «un encanto», nunca vendió la casa de sus padres. Cuando Stephanie se plantó en el viejo porche, los vio allí dentro, a sus padres, de pie alrededor de una encimera que le resultó familiar. El papel pintado era el mismo, y también el dormitorio de arriba, con su techo ligeramente más alto. Las estrellas brillan más en los residenciales de las afueras, pensó alzando la vista al cielo, para luego quedarse observando a su familia por la ventana.

Sus padres reían mientras picoteaban de un bol con algo de untar. Entre ambos había una mujer a las puertas de la treintena que tenía en la mano un cuenco azul con patatas fritas, mejillas anchas, riendo entre dientes. La joven fue la primera que vio a Stephanie, y cómo la reconoció, nadie lo sabe realmente. Dejó caer el cuenco al suelo y echó a correr hacia la puerta de la calle.

Si le hubieses preguntado a alguien por Stephanie durante esa época, habrían dicho: Es una cosa de lo más curiosa. Que apareciera así de la nada, después de tantos años. Después de morir aquel día en el parque. Del accidente. ¡Qué horror! ¿Será un fantasma? ¿Es siquiera Stephanie?, se preguntaban. ¿Realmente importa?, contestaban los demás. ¿Qué importa si es la Stephanie real o no? ¿No ha tenido ya suficiente esa pobre familia?

Pero claro que era Stephanie. Stephanie la del otro lado de la puerta. Recordaba cosas que nadie más recordaba. A su madre con las gafas de sol dentro de la casa. El vaso opaco. El asco que le daba el pimiento. Los gofres, la canguro. Las estrellitas que brillaban en la oscuridad, tapadas con pintura mucho tiempo atrás.

Las hermanas pasaban tiempo juntas, aunque Stephanie necesitaba muchas horas de sueño, ahora que se acercaba el final. Sus padres contrataron a un enfermero de cuidados paliativos para que le aliviara el dolor, y el hombre venía una vez al día con una medicación que la dejaba grogui. Para Stephanie, las horas eran collages pintarrajeados por un crío y no tenía claro qué partes eran reales y cuáles no. Una fotografía, su hermanita sentada al borde de la cama contándole sus años en la facultad. Otra, su madre masajeándole los pies. Un trapo frío en la frente. Su padre en el umbral: ¿Le traigo un vaso de agua? ¿Es que vamos a tener que verla morir por segunda vez?

Tanta gente y tantas cosas perdidas al otro lado de la puerta. Aunque no habían desaparecido del todo. Aquí también existían porque Stephanie las recordaba. Les había hecho sitio en su historia. Los lagos, los libros de bolsillo del estante de arriba, el solo de flauta tocado tan mal en una fiesta, a las tantas de la noche. Will..., la escena favorita de una película que ella había injertado en la trama de otra muy distinta.

Su hermana pequeña empezaba muchas frases así: «Si no hubieras salido corriendo a la calle aquel día». La segunda parte de la frase era siempre distinta: las cosas habrían sido más normales; mamá no habría perdido tanto peso; papá no habría tenido que refugiarse en el humor; el Ayuntamiento no habría renovado el parque; yo habría tenido una hermana.

Pero todo este tiempo me has tenido, dijo Stephanie, quizá en voz alta, quizá no. Tenía los ojos cerrados, pero seguía con fuerzas suficientes para reducir el espacio, para acortar una pizca la distancia entre su hermana y ella. Estaban cogidas de las manos. Podía hacer que sus mentes se encontraran. En silencio, Stephanie contó la historia de vivir todo ese tiempo al otro lado del mundo. Ahora la distancia no era ya tan distante. Tenía cerca a su hermana. Su ser más cercano, su ser más querido... sí, ni más ni menos. Ven a por mí, dijo. Ya casi estás. Estamos tan cerca. Casi tal para cual.

VOLADIZO

A Rosie en la estación espacial se la conocía como Gravedad Uno. Operaba el pequeño vestíbulo en la punta del centro de control que mantenía en órbita el residencial. Por todo Gravedad Uno, círculos concéntricos de diminutos hogares unipersonales, como una elegante Levittown en el cielo. Cuando Rosie hacía turnos extra, trabajaba con el departamento de reubicación en el atrio de la planta de abajo. Entrevistaba a potenciales residentes que habían hecho el largo trayecto hasta el residencial con la esperanza de que les dieran una oportunidad de vivir en la nebulosa. Era un trabajo interesante y le servía para pagar las facturas, que ya era más de lo que podía decirse de otros empleos. A Rosie no le importaba nada escuchar las historias de las gentes del planeta. Le hacían sentirse más cerca de algo que ya casi había desaparecido.

Un fin de semana una mujer mayor llamó con la mano al cubículo de Rosie. Ya había terminado con lo que tenía para la jornada y tenía ganas de tomarse una copa con las amigas. Su novia, Kyle, estaba de viaje en un residencial lejano que se había desprendido y al que había que volver a enganchar. Llamaba a Rosie cuando podía, pero la recepción no era muy buena.

«Querida Rosie: da igual la de lunas que colonicemos, que jamás seremos capaces de diseñar un móvil decente», le había dicho Kyle en un mensaje a través de Comunicaciones. Le llevaron la nota impresa en vitela, que luego ella pegó encima de su mesa. Parecía una carta de amor de las de antes, observó Todd cuando miró por encima de su hombro al pasar camino del comedor.

Kyle siempre sabía hacerla reír. Estaban ahorrando para comprarse una casa más cerca de la atmósfera. Las hipotecas habían bajado, pero no todas las áreas eran tóxicas, como se rumoreaba. Y cabían más cabezas en cada vivienda; podían acoger a algún amigo o amiga, eso sí estaba permitido. Kyle se preocupaba mucho por los demás. Rosie la quería a pesar de que todavía no se lo había dicho con esas palabras.

—¿Hola? —La anciana asomó la cabeza por el tabique de separación de Rosie.

Esta suspiró y dijo:

—Hola, buenas. ¿Tiene usted cita?

—Ay, no, no creo.

—Necesita usted una cita para poner en marcha el proceso de entrevistado —le explicó—. Pueden ayudarla fuera, a la salida del atrio.

La mujer puso cara de confusión, de desconcierto. Se quedó mirándola. Tal vez no se encontraba bien. A mucha gente le sentaba fatal el viaje inicial. Rosie suavizó el talante.

—¿Se encuentra usted bien? —le preguntó mientras acercaba una silla para que la mujer se sentara.

—Estoy bien, estoy bien, solo un poco cansada.

—¿Cómo se llama usted? Yo soy Rosie.

—Así se llamaba mi abuela, Rose.

—No me diga. Mi padre es el único que me llama así. Rose. Un momentito, que le voy a poner un zumo.

Rosie giró la silla hacia el otro lado del cubículo y sirvió una bebida de naranja en un vaso desechable.

—Pues mira, Rosie, sí que tengo una cita, pero es con otra persona.

—¿Con Todd?

—Eso es, el mismo —dijo la mujer—. Me he reunido con él, pero le pregunté si podía reunirme mejor contigo.

Rosie rio.

—Bueno, por lo general eso no está permitido, pero…, conociendo a Todd, la entiendo perfectamente.

—¿Te importaría…? —La mujer le dio un buen sorbo a la bebida de naranja y tragó—. Uff, mucho mejor. Rose, ¿te importaría hacerme la entrevista tú? Sé que estás acabando tu jornada. Seguro que tienes un montón de amigas. Un montón de sitios a los que ir. Pero vengo desde tan lejos y he esperado tanto para reunirme contigo…

Rosie sintió un reflujo familiar. La mujer era frágil y seguramente no conseguiría llegar a la ronda final. Le mandaría un mensaje a Sharon y a Easy para pedirles que le guardaran un sitio en el bar.

—¿Sabe qué le digo? Que hoy es su día de suerte. Acabo de terminar mi última sesión y estaré encantada de hacer su admisión.

La anciana sonrió.

—Gracias. Espero que no estés infringiendo ninguna norma por mí…

—Solo las normas tontas —dijo Rosie.

Antes de conocer a Kyle en orientación, ya se había fijado en ella, de pie en el balconcito que había entre plantas, con un grupo de amigas, comiendo de las cajas con el almuerzo que habían repartido. Pareció significativo que Rosie tuviera que alzar la mirada para verla por primera vez. «Arriba esa cabeza», solía decirle su padre cuando ella se quedaba fantaseando en el sofá, como ocurría siempre.

Kyle era la que cantaba más fuerte de su pelotón, más incluso que Sharon, una soprano desafinada y voluminosa. Detestaba el marisco espacial porque le daba retortijones. Tenía una cazadora con parches en ambos brazos. Luego Rosie empezó a pensar en todas las cosas que no sabía. Las llamaba las Cuestiones y se cernían sobre ella con una persistencia benevolente. ¿Qué aspecto tenía Kyle cuando se lavaba los dientes? ¿Qué cara se le ponía cuando pedía perdón? ¿Dormía bocarriba o de costado, con el brazo remetido bajo la almohada reglamentaria? ¿Qué la aburría? ¿Qué la inspiraba? ¿Dónde le gustaba que la tocasen? Todas las idas y venidas de una persona antes de darse a conocer. Conocer de nuevas a una persona es una suspensión constante de la incredulidad, pensó Rosie, porque siempre están expandiéndose, ilógica, alarmante e infinitamente. Noche tras noche, con la vista clavada en la litera de encima, intentaba aventurar las respuestas. Quería conocer el estado de la vida de Kyle, incluso si la historia completa quedaba oculta para siempre.

Luego ambas acabaron la instrucción y fueron las únicas reclutas que se quedaron hasta el final de la Catalejo Party anual. Kyle echó todo el cuerpo hacia delante. «¿Y ahora qué?», parecía decir. Rosie sintió una efervescencia en el pecho y se preguntó cuántas veces tiene una que imaginarse algo antes de que se vuelva real. La suavidad de la boca de Kyle. ¡Ya estaba pasando! Casi no se dio cuenta con tanta expectación. La otra le cogió la cara entre las manos.

Rosie sabía que en otros tiempos una podía pagar por ver un espectáculo en un teatro, una sala, y una cosa llamada foco dirigía tu mirada, te decía las partes de la historia que eran importantes, como un dedo que te tocara por debajo de la barbilla y te hiciera alzar los ojos hacia el detalle más crucial. En la Catalejo Party se quedaron hablando hasta primera hora de la mañana, ambas sentadas en una única viga de luz, y si el resplandor era artificial o lunar, ni Rosie ni Kyle habrían sido capaces de decirlo.

—Empecemos —dijo Rosie dejando una pila de formularios sobre la mesa y abriendo las páginas de la encuesta en la pantalla—. Primero tengo que hacer la parte aburrida, usted me perdonará.

—Yo no me aburro fácilmente —respondió la mujer sonriendo y ensanchando las mejillas.

Había recobrado parte del color de la cara, pero estaba observando a Rosie de una forma que daba la impresión de ir a desmayarse o de necesitar reanimación cardiaca en cualquier momento.

—Espere y verá. Prometo no decepcionarla. Bueno, esta es la parte en la que le digo que sus probabilidades de entrar no son muy altas.

—Eso ya lo sé.

—Bien. Es mi deber decírselo. Solo un tres por ciento de las solicitudes para vivir en los residenciales se aprueban, y la mayoría de les solicitantes están en buenas condiciones físicas, mentales y… ejem… tienen posibles.

—Yo tenía entendido que era solo un uno por ciento —dijo la mujer.

Eso era cierto. Rosie había mentido, pero mentir era una parte del trabajo, y otra parte consistía en seguir con la mentira a pesar de que la mujer tenía razón.

—¡No crea usted todo lo que dicen!

—¡Vaya, vaya! No veo cómo iba a aburrirme. Ya me has dicho algo que no sabía.

—Pone aquí que ya ha completado el reconocimiento físico. Yo no tengo los resultados ni tengo por qué verlos. Lo que haremos aquí será desde una perspectiva psicológica.

—¿Tienes pensado hurgarme en la cabeza?

—No. No es psicológico exactamente... ¿Biográfico? ¿Histórico?

—De acuerdo. —La mujer tenía los ojos bien abiertos: bebía de las palabras de Rosie.

—Tiene usted que pensar en los residenciales como en cápsulas temporales. Estamos intentando crear las cápsulas temporales más intrincadas posibles. Las mejores historias. El conocimiento más útil. La información.

—¿Y qué pasa con el amor? —preguntó la anciana.

Rosie se quedó confundida.

—¿A qué se refiere?

—¿Estás también recabando amor o solo información?

—Bueno, se trata de viviendas unipersonales, de modo que no habría nadie con usted. Sería solo usted. Aunque puede venir de visita al centro de control, claro. Pero más allá de eso...

—Entiendo —contestó la mujer, que miró por encima de la cabeza de Rosie, investigando con los ojos algo tan fuera de su campo de visión que seguramente había ocurrido en el pasado.

—¿Sabía usted todo esto antes de venir? —le preguntó Rosie preocupada.

Los anuncios de las viviendas dejaban muy claro el espacio disponible que había, los límites, la lógica para dejar atrás a cierta gente. Los ancianos que no iban a procrear, y que serían los primeros en morir.

—Claro que sí, conozco los detalles. Es solo que rechazo la premisa.

—¿Qué premisa?

—La de que no hay amor cuando una persona está sola.

Cuando Rosie y Kyle terminaron la instrucción, a cada una se le asignó un puesto: Gravedad Uno y Circuito de Reparaciones 4, respectivamente. Eran buenos trabajos, los mejores a los que podían aspirar. Los realmente buenos, los mejores, estaban reservados para hijos de senadores, diplomáticos, gente licenciada con honores. Ellas no eran más que hijas únicas de familias monoparentales. Ya bastante increíble era que hubieran llegado hasta allí. Cuando se despidieron de sus padres, eran conscientes de que no volverían a verlos. Por supuesto, habían intentado encontrar un resquicio de maniobra, un enchufe del que tirar por sus familias. Pero no había enchufes que valieran. Los enchufes no existían.

Celebraron la ocasión con modestas fiestas de despedida. Se sacaron los manteles de tela, que seguían teniendo las impresiones circulares de copas del pasado, pliegues vintage de los años que llevaban guardados. La provisión de botellas de champán durmiendo la mona en los alfeizares ya por la mañana, sus someros posos aplanándose con el desfile del tiempo. En el cubo residencial, con los cuerpos enredados, Rosie y Kyle recordaron que habían desplazado la fiesta al jardín trasero porque esa noche el aire estaba bien. Que Rosie los había hecho sentarse a todos en corro en el suelo porque no tenían sillas suficientes. Que el vecino se había quejado por el ruido, pero luego había acabado uniéndose al grupo, e incluso le había hecho un regalo a Kyle, porque ¿qué otras cosas quedaban ya para celebrar? ¿Qué otras cosas quedaban de las que quejarse? Tiempo después, a Rosie le costó recordar si sus fiestas fueron dos acontecimientos por separado o si habían celebrado la noche juntas.

A Rosie la ayudó su padre a meter sus cosas en las bolsas que le habían dado los encargados de personal del residencial. Pequeños petates ligeros que podían llevarse en cualquier parte del cuerpo con un rápido ajuste de las correas. Ella hizo ademán de cerrar la cremallera de los petates, pero se dio cuenta de que quería que lo hiciera él.

—¿Me ayudas?

Pareció tan aliviado de que se lo pidiera...

—Te veré en mis sueños —le dijo él.

Ella no sabía si él la veía a ella, pero ella a él sí. Normalmente aparecía tostando pan en la cocina, aunque la cocina se veía lejísimos. Luego se sentaba, con la ropa de los domingos puesta, y le contaba lo que había hecho ese día, todavía en la otra parte de la habitación, retirándose velozmente en la oscuridad.

—Cuando piensa en su infancia, ¿cuáles son los principales puntos de interés? —preguntó Rosie.

—Me crio mi abuela —dijo la mujer.

—¿Rose?

—Sí, justo. Mis padres murieron siendo yo joven. Mi madre escribía sobre la extinción.

—¿Era erudita? Tengo una casilla aquí donde puedo buscar nombres de eruditos e inventores. Eso podría serle de ayuda.

—No, escribía artículos y una vez un libro. ¿Eso cuenta? Esa palabra le habría dado la risa. «Erudita.»

—Vale, pondré «escritora». ¿Y su padre?

—Era historiador.

—Si quiere, en su caso sí puedo poner «erudito» —ofreció Rosie.

—Vale, sí. Trabajaba en la universidad. Teníamos una casa muy bonita. Aunque se caía a pedazos. Había una estructura de piedra en el jardín que estaba en ruinas y en la que yo me inventaba juegos.

—¿Era un enclave arqueológico o un monumento?

—No, nada que ver. En realidad no era más que un montón de rocas. Era como un pequeño satélite en la órbita de la casa.

—Ajá.

—Aunque tenía sus historias de fantasmas, claro. ¿Eso cuenta?

—No, lo siento. Solo las cosas reales.

La mujer la miró con una expresión que se asemejaba mucho a la compasión. ¿Estaba decepcionada? Rosie se sintió reprendida, como si no hubiera dado la talla en una vara secreta de medir la personalidad. Aunque no sabía ni cómo se medía ni en qué se había quedado corta.

—Y después de eso, ¿fue cuando se fue a vivir con su abuela? —preguntó.

—Sí.

Rosie apuntó un par de cosas y pasó por varias pantallas en su monitor.

—Vale, aquí viene una de las preguntas flipadas.

—¿Flipadas? —preguntó la mujer.

—Sí —dijo Rosie riendo—. No es el término oficial, es como las llamo yo. Hay tres preguntas en este proceso de admisión que son... un tanto estrambóticas.

—Cuando quieras —dijo la mujer dándole otro sorbo a la bebida y dejando el vaso a sus pies en el suelo.

Llevaba unos mocasines desgastados, cuya visión conmovió a Rosie. Nadie iba con mocasines en el espacio.

—Allá va: ¿podría hablarme de un olor destacado de su vida?

—El de tu pelo —dijo la mujer sin tomarse ni un segundo para pensarlo.

Rosie se echó la mano a los rizos como por instinto.

—Ay, no. ¿Qué le pasa?

—No, no me refería a...

—Al final del día siempre lo tengo hecho una mierda. ¡Perdón! ¡Eso no se dice, lo siento!

—No le pasa nada, nada en absoluto. Me estaba fijando en él, nada más. Me gusta así echado hacia atrás.

—Ajá —dijo Rosie, avergonzada de pronto—. A mi novia le gusta cuando me lo peino así. Aunque yo creo que parece que tengo las orejas más grandes.

La mujer rio.

—Lo tienes muy bonito. ¿Puedes volver a hacerme la pregunta, Rose?

—Claro. Dígame un olor destacado de su vida.

—Pues... seguramente el olor después del apeamiento. Como a la acetona del quitaesmalte.

Rosie se quedó sorprendida.

—¿Usted se apeó?

—Sí, le pagué a alguien.

—Es ilegal. —La mujer se limitó a sonreír—. Mire, lo siento muchísimo, pero voy a tener que dejar constancia de ello en un formulario rojo aparte.

—Lo sé.

—Es por una cuestión de seguridad. Aunque también por su propia salud y su seguridad personal.

—Lo sé. No pasa nada. Usted tiene que hacer su trabajo.

—Lo siento.

—No se disculpe.

Rosie anotó el código de infracción entre corchetes y luego rellenó las casillas pertinentes. Estaba sacudiendo la cabeza, impresionada. Aquella mujer era de un paso temporal distinto. Incluso el olor a acetona sobre el que se rumoreaba era real.

La gente especulaba con que era una cosa de la memoria, con que los olores más importantes no podían viajar contigo, aquel hedor penetrante y estéril sustituía todo lo anterior. Quizá Rosie podía preguntarle cosas sobre su mundo en el otro lado. Pero quizá a la mujer le resultara de mala educación, aparte de peligroso. Sharon y Easy lo iban a flipar cuando se lo contara. Y Kyle igual. Ojalá hubiera manera de llamar a Kyle, de contárselo en ese mismo instante. Ojalá el proceso de admisión no fuera confidencial. Y Kyle no estuviese tan lejos.

—¿Puedo preguntarle por qué lo hizo? ¿Apearse?

—Me separaron de mi familia. Hace mucho tiempo.

—¿Y los encontró aquí, en este lado? —preguntó Rosie, que era ahora la que bebía de los labios de la mujer.

La mujer sonrió y apartó la vista.

—Sí.

La primera vez que Rosie oyó hablar del tema fue en un programa de televisión, como todo el mundo. La mujer que afirmaba que su hermana se había desplazado por el corredor del tiempo. El padre de Rosie había estado calzando la pata de la mesa del comedor, pero se detuvo cuando el presentador del telediario se puso a hablar y, después de eso, se quedó allí un buen rato. Parado sin más, suspendido, agarrando la pata de la mesa como si el mundo entero fuera a volcarse si la soltaba. Rosie estaba coloreando en el cuaderno, pero ya había terminado de pintar entre las rayas. Volvió sobre el papel y se puso a colorear por fuera de las rayas también. Para qué desperdiciar tanto espacio en blanco, pensó. Avanzada la noche, su padre seguía allí en el suelo con su caja de herramientas, de modo que Rosie se echó unos cereales ella sola y se fue a la cama.

Hasta más tarde no se le puso nombre, «apeamiento», y la palabra hizo que pareciera algo que siempre había existido, sólido, firme y creíble, una calza bajo una pata tambaleante. Conocer la palabra se convirtió en un sustituto del conocimiento real, porque nadie sabía en realidad qué se sentía, qué sonido hacía, en qué parte de la mente se te quedaba una vez que ocurría. En el colegio de Rosie, al lado del puente colgante, se jugaba a las casitas. Pero en los columpios, más allá del viejo comedor y las aulas hundidas, se jugaba a los tiempos. Interpretaban una versión de a qué se parecería y cómo sería. Tú empuja el columpio y yo lo haré llegar al otro lado. Rosie y sus amigas se lanzaban de los columpios en pleno vuelo y aterrizaban a una velocidad que les impulsaba los pies en un sprint involuntario. Luego rodaban y se caían hasta que acababan todas en el suelo, riendo, olvidada ya la premisa original. Era su juego favorito, de esos que se convierten en otra cosa a mitad de partida.

La mayoría no sobrevivía al proceso. La mayoría no sabía cómo apearse o a quién había que pagarle para hacerlo. La mayoría nunca había conocido a nadie de un paso temporal distinto. Por supuesto, había días en los que Rosie se sentía desacompasada con su mundo, ligeramente destemplada. No integrada, como si no fuera de ningún sitio. Pero Kyle siempre decía: «Bienvenida, hola, te hemos guardado asiento, se le llama ser persona».

—¿Quiere usted que hagamos un descanso? —le preguntó Rosie.

Pero la mujer negó con la cabeza. Dio una vuelta con la silla y se quedó mirando el techo que se veía por el cubículo. La propia Rosie llevaba años sin levantar la vista hacia allí, pero lo hizo en esos momentos, con curiosidad por ver si la mirada de la mujer había cambiado el panorama. Era una claraboya en el sentido más majestuoso, vuelo cósmico, residuos, cinturón de asteroides, y, en la distancia, el residencial propiamente dicho, anillos concéntricos que orbitaban el vestíbulo de Rosie. ¡LAS ESTRELLAS BRILLAN MÁS EN LOS RESIDENCIALES!, se leía en vallas publicitarias repartidas por lo que quedaba de planeta. Los anuncios resonaban a verdad, pero no, allí las estrellas no brillaban más necesariamente. Lo que pasaba era que las viviendas estaban más cerca de la fuente de luz. Rosie no podía decidir si eso hacía falsos a los carteles, o si los hacía más bellos, por su cercanía a la verdad, por su incapacidad para llegar del todo a ella. Nadie sabía bien cómo decir lo que quería decir. Kyle le remetía la mano por la cinturilla y la dejaba allí contra la piel de Rosie. Y ella alargaba la mano para coger las palabras contiguas a las palabras que eran importantes.

—Ahí es donde trabajo normalmente —le explicó Rosie a la mujer dirigiendo su mirada hacia el centro del residencial.

—¿En ese puntito?

—Esa soy yo. Gravedad Uno. —La mujer la miró, confundida, y Rosie rio—. Es solo el nombre del puesto, pero a la gente le ha dado por utilizarlo también como apodo.

—Es un nombre propio bonito y apropiado—dijo la mujer maravillada—. Gravedad Uno. Muy sobrio e importante.

—Suena más importante de lo que es, en realidad. Es básicamente un puesto de baja categoría.

La mujer no contestó a eso. Quizá estaba esperando... ¿a que Rosie le contara más? La miraba con una expresión que no reconocía. Quizá estuviera sintiendo una emoción del otro lado. Rosie volvió a reír, tenía este tic nervioso.

—Será mejor que avancemos —dijo la mujer, como si le hubiera leído la mente.

—¡Sí! Sí. Esta parte es sencilla. Es sobre empleo.

—Bueno, estuve trabajando treinta años en ventas.

—Vale. A ver, ¿algo que pueda contarme que dejara boquiabierta a la gente, o le hiciera arquear una ceja? Cualquier cosa interesante. Por ejemplo, ¿qué vendía?

—Es que eso es lo más curioso. No me creerías. Pero, bah, ni me acuerdo.

—¿Qué eran, acciones, bonos del estado, bienes inmuebles quizá?

—No, nada parecido.

—¿Vendía usted..., a ver..., aceite, carbón, linóleo, armas o algún otro recurso natural?

La mujer rio.

—Gracias por los intentos. Como pronto averiguarás, soy una anciana muy aburrida que ha llevado una vida poco destacable.

—No, mujer, no diga eso. Estas preguntas son... En fin, son falaces.

—Ajá, falaces...

—Me refiero a que estoy convencida de que su vida sí ha tenido muchas cosas destacables. —Rosie miró el formulario rojo—. Por desgracia, no puedo preguntarle por su familia, porque eso recae bajo la categoría de su apeamiento.

—Eso no es problema para mí —dijo la mujer.

—Ventas... —repitió Rosie pasando a otra pantalla—. ¿Vendía usted... personas?

—No —dijo la mujer—. No, no, no vendía personas.

—Lo siento. Es una de las preguntas.

La mujer volvió a mirar hacia la claraboya y a curiosear por el espacio de trabajo de Rosie.

—Creo que podía tener que ver con... —empezó a decir, pero se detuvo bruscamente y se quedó mirando el suelo—. No, da igual. Se me ha ido.

La mirada se le inundó de algo parecido a la frustración pero más vacío. Rosie quiso decirle que no pasaba nada, que no se preocupara. No supo cómo. Claro que pasaba algo, y tanto. La mujer fue a paso lento hasta el dispensador de refresco y rellenó el vaso hasta que se vio el naranja por el borde.

En su primer viaje de reparación, Kyle estuvo un mes sin cobertura. Rosie intentó no venirse abajo, pero se dedicó más que nada a pensar en el fin del mundo, que seguramente sucedería en vida de ellas. Habían tenido mucha suerte de que las trasladaran fuera del planeta, pero ahora su novia iba a morir en un viaje a un residencial lejano mantenido en una órbita artificial alrededor de una lejana estación espacial, operado por una desconocida lejana, alguien igual que Rosie, alguien llamada Gravedad Doce.

—Se me hace todo tan sinsentido —le dijo Rosie a Sharon en el centro de control—. ¿Para qué molestarse en querer a alguien si un día puede desvanecerse sin más?

—¿Por qué no puedes preocuparte por que no te pongan los cuernos, como una persona normal? —le respondió su amiga—. Me han dicho que Gravedad Doce es una auténtica loba.

—Con el debido respeto, las lobas hace décadas que se extinguieron.

—¡Exacto! Sería un punto que tu novia te dejara por una loba totalmente extinguida.

—Sé dónde tiene Kyle el lunar en el dedo gordo del pie. ¿Qué se supone que tengo que hacer con esa información?

Sharon la abrazó entonces y después Easy se les unió con historias de Comunicaciones para distraerlas. Bebieron más de la cuenta y se metieron en el servicio de listado de viviendas, uno de sus pasatiempos favoritos, elegir las casas donde vivirían cerca de la atmósfera, todas juntas. Había una propiedad con vistas a un halo. Una Orión de dos plantas con espacio para montar una oficina. Las urbanizaciones Casiopea.

Al final de la noche Kyle mandó un mensaje. Estaba volviendo ya.

—Y ahora la pregunta flipada número dos —dijo Rosie.

—Yo estoy flipando con todas, pero adelante.

—Le voy a enseñar una fotografía y tiene que decirme una cosa que vea.

Rosie rebuscó en una caja llena de láminas plastificadas con imágenes y cogió su favorita. Un rey y una reina sentados juntos en un bosque encantado. Había un montón de cosas que elegir en aquel facsímil de un cuadro. Los tronos, las coronas, las joyas. Estaba el ermitaño en la esquina bajo el alero. Eso era lo primero que veía la mayoría de la gente. Luego los otros ermitaños escondidos en el... Rosie no sabía cómo se llamaba eso. Bueno, el caso es que tenían las caras muy dentro de las ramas, remetidas entre las pinceladas. Había toda clase de criaturas extintas, y Rosie supuso que la mujer se fijaría en una antes de nada, por eso de que su madre había sido especialista en especies extinguidas. Algo llamado conejo merodeaba al frente de la escena, pero si no te fijabas bien, parecía como un pliegue más en los ropajes de la reina.

La mujer se acercó a la imagen y se tomó su tiempo. Se puso unas gafas que tenía guardadas en el cuello de la camisa y estudió con detenimiento la pintura.

—¿Te digo todo lo que veo o solo una cosa? —le preguntó la mujer.

—Solo una cosa.

—Es fácil. Una familia —dijo la mujer.

Rosie se quedó sorprendida. La palabra no estaba en su lista, de modo que tuvo que abrir otra pestaña en la pantalla, añadir una casilla nueva y copiar la respuesta en el formulario.

—¿He dicho algo inapropiado? —preguntó la mujer.

—No, no es nada. —Rosie se volvió para explicárselo—: Lo que pasa es que por lo general les solicitantes no piensan en una familia cuando ven a dos personas.

—¿Y eso por qué?

La pregunta no era ninguna tontería. Rosie no sabía responderla. Pensó en su propia familia de dos personas. Su padre, todavía preparando el desayuno en alguna cocina escondida que solo se materializaba en el gozne de los sueños de su hija.

—De todas formas, tampoco es que haya dos personas en el cuadro —dijo la mujer—. Hay casi una docena. Y luego las plantas y los animales y, en el fondo, se ven incluso más. Se extiende hasta el infinito. Una familia.

Rosie se acordó entonces de la idea que tenía Kyle para cuando tuvieran un hogar. Sería bienvenido todo aquel que cupiera. Si hacía falta, pondrían una cama debajo del fregadero, había bromeado Kyle, justo al lado del bote de tokens relucientes. ¿Por qué todavía no había recibido ningún mensaje? Habían pasado tantas semanas… Rosie se echó a llorar.

—Ay, no —dijo la mujer—. Está claro que no formo parte de ese tres por ciento.

—No es nada. No es usted. ¡Lo siento mucho! —Rosie se tapó la cara, avergonzada; no podía permitirse perder esos turnos extra.

—No te disculpes —le dijo la mujer poniéndole un pañuelo en la palma.

Olía a… El caso es que no había una palabra para eso a lo que olía el pañuelo, al menos una que Rosie conociera. Era un ingrediente concreto de un tipo de detergente que utilizaba la mujer, tiempo atrás, cuando era ella la que lavaba. Pero si Rosie hubiera podido nombrarlo, lo habría apuntado en el formulario de admisión como el olor más significativo de su vida. El mismo que anidaba en los pliegues de la vieja camisa favorita de su padre.

—Gracias, es usted muy amable —dijo Rosie enjugándose las mejillas y la nariz y presionando luego el suave lino bajo cada ojo—. Es que llevo mucho sin saber nada de ella. De mi novia, que ha tenido que ir a un viaje muy largo.

—Lo siento mucho. Debes de estar muy preocupada.

—Mucho.

—Si quieres, podemos quedarnos aquí sin hacer nada. No tenemos por qué rellenar los formularios de admisión.

Rosie levantó la vista para mirarla. La mujer estaba acariciándole la espalda suavemente, mientras sonreía y esperaba con paciencia.

—No me había dado cuenta de lo angustiada que estaba.

—No pasa nada, no tiene una que saberlo todo. Está bien que te sorprendan.

Rosie hizo ademán de devolverle el pañuelo a la mujer, pero esta negó con la cabeza.

—No, quédatelo.

La persona que inventó los residenciales ya había muerto. Así de rápido se movía ahora el tiempo. En un abrir y cerrar de ojos, podías perderte una historia entera. Y las historias parecían detenerse antes de haber siquiera empezado, sujetas tan solo por una punta por quien las contaba para luego salir a tientas como un haz de luz hacia lo desconocido. No tiene sentido guardar un registro de las cosas cuando no se sabe para quién están guardándose. De todas formas, lo hacían.

Lo único que Rosie quería era tener a una persona al otro lado de sus historias. Ella recibía las de los demás y ellos las suyas. «Menuda época nos ha tocado vivir», decía Kyle, cogiendo a Rosie de la cintura y levantándola en el aire. El futuro y el pasado estaban a ambos lados de un puente y, daba igual hacia dónde caminase Rosie, que el sol siempre le daba en los ojos.

Rosie recobró el aliento mientras la mujer firmaba varios documentos de descargo, hundía los pulgares en tinta azul y presionaba los dedos sobre el plastiquito. Vio cómo la mujer repasaba minuciosamente el texto, leía cada formulario con el meñique a modo de puntero, pasaba luego las páginas hasta el final del archivo y empezaba otro documento. Bajo la mesa había un plano de los residenciales, los desechos luminiscentes y las ignotas gigantes, un espacio en blanco que se salía de los límites del mapa. Y por debajo, planes para nuevos residenciales que se extendían hasta donde la imaginación era capaz de presenciar.

—Terminemos la entrevista antes de que se haga muy tarde —propuso Rosie.

—¿Estás segura? —preguntó la mujer—. Si quieres, lo dejamos. Puedes remitir lo que llevamos hecho y ya está.

—No, eso no sería justo. Solo queda una pregunta. ¿Y quién sabe? Quizá sea del tres por ciento de afortunados.

—Quién sabe... —La mujer sonrió mientras se movía con la silla hacia atrás y se alejaba hacia el otro lado del cubículo.

Rosie hizo de tripas corazón y pasó a la última pantalla. Se enjugó los ojos una vez más con el envés de la manga.

—Aquí viene la última pregunta y luego lo arreglaremos todo para que pueda ir usted a una de las estaciones de literas y duchas.

—Cuando quieras.

—¿Cuánto dinero le queda en la cuenta bancaria del planeta?

La mujer pareció alarmada.

—Esa no puede ser la última pregunta.

—Pues lo es.

—¿Y qué hay de la tercera pregunta «flipada»?

—Es esa —dijo Rosie.

La mujer exhaló y se llevó las manos a los muslos.

—Veintitrés. Veintitrés dólares.

—De acuerdo. Ya está todo.

Rosie cerró el archivo y lo mandó por el tubo neumático, de esos que tenían antes en las farmacias con ventanilla para pedir desde el coche. La mujer se puso en pie como pudo y se quedó en una esquina a la espera de instrucciones. Rosie volvió a mirarla. Quizá estuviese vulnerable por lo de Kyle, o tal vez fuera otra cosa invisible. Una historia puesta en voladizo sobre sus manos desde las de un mensajero estrellado, y Rosie supo que era ella la que debía recibirla, por mucho que el contenido y el origen no estuvieran claros.

—¿Quiere cenar conmigo? —le preguntó—. Tengo el resto de la noche libre.

La mujer sonrió.

Rosie les dijo a sus amigas que siguieran sin ella. Llevó a la mujer hasta el comedor principal del atrio.

—La comida es un horror, pero las vistas... —le explicó.

Estaban cada una a un lado de los reservados con vistas a la nave constructora. La mujer recordó un bonito día con su cría y su marido en un puestecillo de un muelle. Las barcas amarradas y bocadillos de pescado fresco a la venta. Y otra vez, anterior, cuando ella misma era poco más que un bebé. Sus padres apretujándola en un banco cerca de unos veleros, comiendo patatas fritas. La grasa de las patatas volviendo traslúcido el cartucho de papel. Y los barcos allí esperando pacientemente en el agua, a pesar de que su familia no llegó a alquilar ninguna barca, ni en el primero ni en el segundo recuerdo. Solo querían estar cerca de las barcas, sentir que en otro momento podían hacerlo. Que cabía la posibilidad.

Aquello era un poco parecido, pero más brillante. El refulgir metálico del espacio. La nave constructora se movía a la deriva en un ángulo que mareaba a la mujer. No era capaz de decidir si aquello era más saludable, esas superficies inclementes, o simplemente una especie de agobio distinto y más sosegado. La soledad del paisaje le llegó al corazón con un rasgueo curioso, frío.

La mujer removió el producto alimenticio por el plato pero no comió nada. Ya nada sabía igual que antes, tras el apeamiento. Y luego el olor a acetona aferrado a sus orificios, su vida avanzando por el discordante corredor entre dos clases de tiempo. Sin apetito ya. Removió la comida por la bandeja y se quedó mirando a la hermosa joven que tenía enfrente.

Rose estaba animada, reía, mientras le explicaba algo que había hecho Todd para cabrear al personal del atrio. La mujer también sonreía y reía. Oía los ritmos de la historia a pesar de no poder cantarla a la vez. La mayor parte de lo que contaba Rose era indescifrable. Nombres, lugares, responsabilidades con las que ella nunca se había enfrentado. Pero estaba enamorada, y viva, emocionada con que Kyle volviera a casa.

Rose se ofreció a ir a por unos postres del autoservicio y volvió con dos bolas de algo dulce. Los glóbulos carmesí se fueron licuando por altibajos hasta derretirse en felices charquitos desastrados. Le contó otra historia, o quizá fuera un problema matemático, por todas las variables que tenía. No..., era un chiste. ¿Cuál era el remate?

Seguramente la mujer volviera en el primer trayecto de vuelta a casa. Su objetivo no había sido quedarse en los residenciales. Había puesto todo su esfuerzo en llegar hasta allí. Solo para ver a Rose. Quizá intentara volver a ver a Edward, aunque el trayecto a tierra firme era un objetivo poco realista. Suerte tendría con lograr siquiera regresar al planeta. A lo mejor el remate era que no volverían a verse.

—Mira —dijo Rose.

La nave constructora estaba acercándose al atrio, desplegando sus extremidades por el cielo. Su transbordador corrugado rellenó toda la superficie de la ventana, y la mujer ahogó un grito, pero no por miedo. Más allá del armazón metálico, una profusión de estrellas y color, acontecimientos antiguos que se hacían visibles a través de las nubes de luz parpadeantes. No podía creer lo cerca que parecía, el pasado, cuando en realidad estaba imposiblemente lejos. Quizá también lo contrario fuera cierto. Una podía encontrar cosas desaparecidas tiempo atrás en el vasto y servicial escenario de la mente.

—Cuida de mi hija —puede que dijera la mujer.

Luego la nave se inclinó y se alejó. Hacia qué, imposible saberlo.

AGRADECIMIENTOS

Gracias a mi intrépida y formidable agente, Monika Woods, que ha sido la paladina de mi trabajo desde la primera reunión que tuvimos, cuando comimos las judías verdes más ricas del centro. Gracias a mi brillante editora, Gabriella Doob, y al talentoso equipo al completo de Ecco, sobre todo a Sonya Cheuse, Cordelia Calvert, Aja Pollock, Vivian Rowe y Lydia Weaver. Mi agradecimiento y admiración infinitas a Denne Michele Norris, Emma Copley Eisenberg, Hernán Díaz, Mary South, Molly McGhee, Ruchika Tomar y Sasha Fletcher. Vuestra sabiduría, generosidad y amistad me ayudó a hacer de este un libro mejor. Me siento muy afortunada de conoceros y de existir en el mismo universo que vuestra escritura. Gracias a las maravillosas Diane Cook y Jessamine Chan por ser mis modelos a seguir, y por llevar esta novela de la mano hasta verla cobrar vida.

Por su apoyo y orientación inestimables, gracias a Katie Boland, Dana Spector, Jiah Shin y Leslie Shipman. Gracias a la residencia Yaddo por prestarme el tiempo, el espacio y las ensoñaciones, y una mesa realmente increíble, así como a la beca Picador para profesores invitados por darme la libertad de perderme para reescribir estas páginas.

Gracias a Chris Beha y a la *Harper's Magazine* por creer en el relato que con el tiempo se convirtió en esta novela, así como por publicarlo con tanta atención y cuidado.

Gracias a mi maravillosa madre. Gracias a mi familia y amigos, tanto los de aquí como los del otro lado de la puerta.

Y gracias a Matt, que agranda mi mundo a diario.

TÍTULOS RELACIONADOS